U0079010

你最想學的
經典 韓語對話

菜韓文
追韓劇

國家圖書館出版品預行編目資料

菜韓文追韓劇：你最想學的經典韓語對話 / 雅典韓研所企編
-- 初版. -- 新北市：雅典文化，民106.10
面；　公分. --（全民學韓語；27）
ISBN 978-986-5753-90-0（平裝）
1. 韓語　2. 讀本
803.28　　　　　　　　　　　　106013741

全民學韓語系列　2 7

菜韓文追韓劇：你最想學的經典韓語對話

企編／雅典韓研所
責任編輯／呂欣穎
美術編輯／王國卿
封面設計／姚恩涵

法律顧問：方圓法律事務所／涂成樞律師

總經銷：永續圖書有限公司
永續圖書線上購物網
www.foreverbooks.com.tw

CVS代理／美璟文化有限公司
TEL：（02）2723-9968
FAX：（02）2723-9668

出版日／2017年10月

雅典文化

出版社
22103　新北市汐止區大同路三段194號9樓之1
TEL　（02）8647-3663
FAX　（02）8647-3660

韓文字是由基本母音、基本子音、複合母音、氣音和硬音所構成。

其組合方式有以下幾種：

1. 子音加母音，例如：저(我)
2. 子音加母音加子音，例如：밤（夜晚）
3. 子音加複合母音，例如：위（上）
4. 子音加複合母音加子音，例如：관（官）
5. 一個子音加母音加兩個子音，如：값（價錢）

簡易拼音使用方式：

1. 為了讓讀者更容易學習發音，本書特別使用「簡易拼音」來取代一般的羅馬拼音。

   規則如下，

   例如：

   그러면 우리 집에서 저녁을 먹자.

   geu.reo.myeon/u.ri/ji.be.seo/jeo.nyeo.geul/meok.jja

   ----------普遍拼音

   geu.ro*.myo*n/u.ri/ji.be.so*/jo*.nyo*.geul/mo*k.jja

   ------------簡易拼音

   那麼，我們在家裡吃晚餐吧！

   文字之間的空格以「/」做區隔。
   不同的句子之間以「//」做區隔。

基本母音：

	韓國拼音	簡易拼音	注音符號
ㅏ	a	a	ㄚ
ㅑ	ya	ya	ㄧㄚ
ㅓ	eo	o*	ㄛ
ㅕ	yeo	yo*	ㄧㄛ
ㅗ	o	o	ㄡ
ㅛ	yo	yo	ㄧㄡ
ㅜ	u	u	ㄨ
ㅠ	yu	yu	ㄧㄨ
ㅡ	eu	eu	(ㄜ)
ㅣ	i	i	ㄧ

特別提示：

1. 韓語母音「ㅡ」的發音和「ㄜ」發音類似，但是嘴型要拉開，牙齒要咬住，才發的準。

2. 韓語母音「ㅓ」的嘴型比「ㅗ」還要大，整個嘴巴要張開成「大O」的形狀，
   「ㅗ」的嘴型則較小，整個嘴巴縮小到只有「小o」的嘴型，類似注音「ㄡ」。

3. 韓語母音「ㅕ」的嘴型比「ㅛ」還要大，整個嘴巴要張開成「大O」的形狀，
   類似注音「ㄧㄛ」，「ㅛ」的嘴型則較小，整個嘴巴縮小到只有「小o」的嘴型，類似注音「ㄧㄡ」。

基本子音：

	韓國拼音	簡易拼音	注音符號
ㄱ	g,k	k	ㄎ
ㄴ	n	n	ㄋ
ㄷ	d,t	d,t	ㄊ
ㄹ	r,l	l	ㄌ
ㅁ	m	m	ㄇ
ㅂ	b,p	p	ㄆ
ㅅ	s	s	ㄙ,(ㄒ)
ㅇ	ng	ng	不發音
ㅈ	j	j	ㄗ
ㅊ	ch	ch	ㄘ

特別提示：

1. 韓語子音「ㅅ」有時讀作「ㄙ」的音，有時則讀作「ㄒ」的音。「ㄒ」音是跟母音「ㅣ」搭在一塊時，才會出現。
2. 韓語子音「ㅇ」放在前面或上面不發音；放在下面則讀作「ng」的音，像是用鼻音發「嗯」的音。
3. 韓語子音「ㅈ」的發音和注音「ㄗ」類似，但是發音的時候更輕，氣更弱一些。

氣音：

	韓國拼音	簡易拼音	注音符號
ㅋ	k	k	ㅋ
ㅌ	t	t	ㄊ
ㅍ	p	p	ㄆ
ㅎ	h	h	ㄏ

特別提示：

1. 韓語子音「ㅋ」比「ㄱ」的較重，有用到喉頭的音，音調類似國語的四聲。
   ㅋ＝ㄱ＋ㅎ

2. 韓語子音「ㅌ」比「ㄷ」的較重，有用到喉頭的音，音調類似國語的四聲。
   ㅌ＝ㄷ＋ㅎ

3. 韓語子音「ㅍ」比「ㅂ」的較重，有用到喉頭的音，音調類似國語的四聲。
   ㅍ＝ㅂ＋ㅎ

複合母音：　　　　　　　　　•track 005

	韓國拼音	簡易拼音	注音符號
ㅐ	ae	e*	ㅔ
ㅒ	yae	ye*	一ㅔ
ㅔ	e	e	㟎
ㅖ	ye	ye	一㟎
ㅘ	wa	wa	ㄨㄚ
ㅙ	wae	we*	ㄨㄝ
ㅚ	oe	we	ㄨㄟ
ㅞ	we	we	ㄨㄟ
ㅝ	wo	wo	ㄨㄛ
ㅟ	wi	wi	ㄨ一
ㅢ	ui	ui	ㄜ一

特別提示：

1. 韓語母音「ㅐ」比「ㅔ」的嘴型大，舌頭的位置比較下面，發音類似「ae」；「ㅔ」的嘴型較小，舌頭的位置在中間，發音類似「e」。不過一般韓國人讀這兩個發音都很像。

2. 韓語母音「ㅒ」比「ㅖ」的嘴型大，舌頭的位置比較下面，發音類似「yae」；「ㅖ」的嘴型較小，舌頭的位置在中間，發音類似「ye」。不過很多韓國人讀這兩個發音都很像。

3. 韓語母音「ㅚ」和「ㅞ」比「ㅙ」的嘴型小些，「ㅙ」的嘴型是圓的；「ㅚ」、「ㅞ」則是一樣的發音。不過很多韓國人讀這三個發音都很像，都是發類似「we」的音。

硬音：

	韓國拼音	簡易拼音	注音符號
ㄲ	kk	g	ㄍ
ㄸ	tt	d	ㄉ
ㅃ	pp	b	ㄅ
ㅆ	ss	ss	ㄙ
ㅉ	jj	jj	ㄗ

特別提示：

1. 韓語子音「ㅆ」比「ㅅ」用喉嚨發重音，音調類似國語的四聲。
2. 韓語子音「ㅉ」比「ㅊ」用喉嚨發重音，音調類似國語的四聲。

*表示嘴型比較大

Part 1 韓劇經典台詞篇

不悅、不高興

請求、幫忙

安慰、鼓勵

關心、照顧

約會、跟朋友見面

感受、主觀判斷

搭話、詢問

回應他人

Part 2 生活應用會話

生活會話

用餐、喝酒

溝通

確認

交友、聊天話題

韓劇經典台詞篇

道謝、道歉

고마워요.

口媽我呦

go.ma.wo.yo

謝謝

詞 彙	고맙다 [形容詞]
解 釋	謝謝、感謝

相關例句

例 여기까지 데려다 줘서 고마워요.

唷個衣嘎基 貼六打 左搜 口媽我呦

yo*.gi.ga.ji/de.ryo*.da/jwo.so*/go.ma.wo.yo

謝謝你帶我來這裡。

例 내게 기회를 줘서 고마워요.

累給 可衣灰惹 左搜 口媽我呦

ne*.ge/gi.hwe.reul/jwo.so*/go.ma.wo.yo

謝謝你給我機會。

會 話

Ⓐ 우와, 너 오늘 진짜 멋있다!

烏哇 NO 歐呢 金渣 摸西打

u.wa//no*/o.neul/jjin.jja/mo*.sit.da

哇～你今天真的很帥！

Ⓑ 고마워.

口媽我

go.ma.wo

謝謝！

● 道謝、道歉

아니에요.
阿你耶呦
a.ni.e.yo
不會

詞 彙	아니다 [形容詞]
解 釋	不、不是、不對

※아니에요還有一個意思為「不會不會」、「不客
　氣」，用來回應他人的道謝時。

會 話

Ⓐ 정말 고맙습니다.
竉馬兒　口罵不森你打
jo*ng.mal/go.map.sseum.ni.da
真的很謝你。

Ⓑ 아니에요.
阿你耶呦
a.ni.e.yo
不會。

Ⓑ 별 거 아니에요.
匹唷兒　狗　阿你耶呦
byo*l/go*/a.ni.e.yo
那沒什麼。

Ⓑ 뭘 이런 걸 가지고요.
摸兒　衣龍　狗兒　卡基勾呦
mwol/i.ro*n/go*l/ga.ji.go.yo
你不用那麼客氣。

道謝、道歉

별말씀을요.

匹唷兒馬兒思悶六

byo*l.mal.sseu.meu.ryo

不必客氣

詞 彙 解 釋	별말씀 [名詞] 哪裡的話、客氣話

相關例句

例 천만의 말씀입니다.

蒽慢內 馬兒森影你打

cho*n.ma.ne/mal.sseu.mim.ni.da

哪裡哪裡。

例 별말씀을 다 하십니다.

匹唷兒馬兒思悶 他 哈新你打

byo*l.mal.sseu.meul/da/ha.sim.ni.da

您太客氣了。

會 話

Ⓐ 뭐라 감사의 말씀을 드려야 할지 모르겠어요.

撲拉 砍沙A 馬兒思悶 特六呀 哈兒基 撲了給 搜呦

mwo.ra/gam.sa.e/mal.sseu.meul/deu.ryo*.ya/hal.jji/mo.reu.ge.sso*.yo

我不知道該説什麼來感謝您。

Ⓑ 별말씀을 다 하세요.

匹唷兒馬兒思悶 他 哈誰呦

byo*l.mal.sseu.meul/da/ha.se.yo

您太客氣了。

道謝、道歉

사과하세요.
沙瓜哈誰呦
sa.gwa.ha.se.yo
請你道歉

詞　彙	사과하다　[動詞]
解　釋	道歉、賠禮、賠不是

相關例句

例 먼저 사과하세요.
盟走　沙瓜哈誰呦
o*n.jo*/sa.gwa.ha.se.yo
請你先道歉。

會　話

Ⓐ 사과하세요.
沙瓜哈誰呦
sa.gwa.ha.se.yo
請你道歉。

Ⓑ 저는 사과 안 합니다.
醜能　沙瓜　安　慈你打
jo*.neun/sa.gwa/an/ham.ni.da
我不會道歉。

Ⓑ 왜냐하면 저는 아무 잘못이 없으니까요.
為娘哈謬　醜能　阿母　插兒墨西　喔不思你嘎呦
we*.nya.ha.myo*n/jo*.neun/a.mu/jal.mo.si/o*p.
sseu.ni.ga.yo
因為我沒有做錯。

道謝、道歉

용서해 줘요.

庸搜黑 左呦

yong.so*.he*/jwo.yo

請原諒我!

詞　彙	용서하다 [動詞]
解　釋	寬恕、饒恕、原諒

相關例句

例 잘못했습니다. 한번만 용서해 주세요.

插兒末貼森你打 憨崩慢 庸搜黑 組誰呦

jal.mo.te*t.sseum.ni.da//han.bo*n.man/yong.so*.
he*/ju.se.yo

我錯了,請您原諒我一次吧。

會 話

Ⓐ 잘못했어. 용서해 줘.

插兒末貼搜 永搜黑 左

jal.mo.te*.sso*//yong.so*.he*/jwo

我錯了,原諒我吧。

Ⓑ 난 널 용서 못해. 우리 다시 보지 말자.

男 NO兒 庸搜 末貼 五里 他西 播基 馬兒渣

nan/no*l/yong.so*/mo.te*//u.ri/da.si/bo.ji/mal.jja

我無法原諒你,我們別再見面了。

Ⓐ 제발 그러지 마! 내가 이렇게 빌게.

賊爸兒 可囉基 馬 累嘎 衣囉K 匹兒給

je.bal/geu.ro*.ji/ma//ne*.ga/i.ro*.ke/bil.ge

拜託別這樣!我求你了。

道謝、道歉

죄송해요.

崔松黑呦

jwe.song.he*.yo

對不起

詞 彙	죄송하다 [形容詞]
解 釋	對不起、抱歉、慚愧

相關例句

例 죄송해요. 돈을 빌려 주지 못해요.

崔松黑呦 同呢 匹兒六 租基 末貼呦

jwe.song.he*.yo//do.neul/bil.lyo*/ju.ji/mo.te*.yo

對不起，我不能借錢給你。

例 미리 알려 드리지 못해서 죄송해요.

米里 啊兒六 特里基 末貼搜 崔松黑呦

mi.ri/al.lyo*/deu.ri.ji/mo.te*.so*/jwe.song.he*.yo

未能提前告知您，很抱歉。

會 話

A 안녕하셨어요? 갑자기 찾아 와서 죄송해요.

安妞哈休搜呦 卡不渣個衣 擦渣 挖搜 崔松黑呦

an.nyo*ng.ha.syo*.sso*.yo//gap.jja.gi/cha.ja/wa.so*/jwe.song.he*.yo

您好嗎？很抱歉突然來拜訪您。

B 아니야. 잘 왔다. 일단 앉아라.

啊你呀 插兒 哇打 衣兒但 安渣拉

a.ni.ya//jal/wat.da//il.dan/an.ja.ra

不會，你來的好，先坐下來吧。

道謝、道歉

미안해요.

咪安內呦

mi.an.he*.yo

對不起

| 詞 彙 | 미안하다 [形容詞] |
| 解 釋 | 對不起、抱歉 |

相關例句

例 내가 해 줄 수 있는 게 없어서 미안해요.

累嘎 黑 租兒 酥 影能 給 喔不搜搜 咪安
內呦

e*.ga/he*/jul/su/in.neun/ge/o*p.sso*.so*/mi.an.he*.yo

我沒什麼能夠幫上你，很抱歉。

例 마음 아프게 해서 미안하다. 울지 마.

馬恩 啊噴給 黑搜 咪安哈打 烏兒基 馬

ma.eum/a.peu.ge/he*.so*/mi.an.ha.da//ul.ji/ma

讓你難過了，對不起，別哭了！

會 話

Ⓐ 미안해. 다 내 실수, 내 책임이야.

咪安黑 他 累 西兒酥 累 疵Ａ個衣咪呀

mi.an.he*//da/ne*/sil.su//ne*/che*.gi.mi.ya

對不起，都是我的錯，是我的責任。

Ⓑ 미안하면 다야?

咪安哈謬 他呀

mi.an.ha.myo*n/da.ya

說抱歉就沒事了嗎？

吵架、ㄅ角

너 미쳤어?
NO 咪秋搜
no*/mi.cho*.sso*
你瘋了嗎？

詞 彙	미치다 [動詞]
解 釋	發瘋、抓狂

相關例句

例 너 미친 거 아니야?
樓 咪親 狗 阿你呀
no*/mi.chin/go*/a.ni.ya
你是不是瘋了？

例 내가 미쳤나 봐.
累嘎 咪秋那 爸
ne*.ga/mi.cho*n.na/bwa
我大概是瘋了。

例 너 미쳤구나!
NO 咪秋古那
no*/mi.cho*t.gu.na
原來你瘋了！

例 너 때문에 진짜 미치겠어.
NO 爹母內 金渣 咪妻給搜
no*/de*.mu.ne/jin.jja/mi.chi.ge.sso*
因為你，我真的快瘋了。

• 吵架、ㄉ角

제정신이야?

賊宗西你呀

je.jo*ng.si.ni.ya

你還正常嗎?

詞　彙	제정신　[名詞]
解　釋	自己原本的精神

相關例句

例 너 도대체 왜 그래? 제정신이냐고?

NO 頭爹疵A 為 可累　賊宗西你娘夠

no*/do.de*.che/we*/geu.re*//je.jo*ng.si.ni.nya.go

你到底為什麼這樣?你還正常嗎?

例 쟤는 분명 제정신이 아니다.

疵耶能　鋪恩謬恩　賊宗西你　阿你打

jye*.neun/bun.myo*ng/je.jo*ng.si.ni/a.ni.da

他肯定精神不正常。

會　話

Ⓐ 미쳤어? 제정신이야?

咪秋搜　賊宗西你呀

mi.cho*.sso*//je.jo*ng.si.ni.ya

你瘋了嗎?你還正常嗎?

Ⓑ 그래, 아무래도 내가 미쳤나 봐.

可累　阿母累豆　累嘎　咪秋那　爸

geu.re*//a.mu.re*.do/ne*.ga/mi.cho*n.na/bwa

對,看來我是瘋了。

吵架、ㄉ角

미친놈
咪親弄
mi.chin.nom
瘋子、神經病

詞 彙 解 釋	놈 [名詞] 傢伙、小子、混蛋

※미친놈與「또라이（神經病）」同義

相關例句

例 어떤 미친놈이 이상한 소리하네.
喔東 咪親樓咪 衣商憨 瘦里哈內
o*.do*n/mi.chin.no.mi/i.sang.han/so.ri.ha.ne
有個瘋子在瘋言瘋語。

例 뭐 이런 또라이가 다 있어?
魔 衣龍 豆拉衣嘎 他 衣搜
mwo/i.ro*n/do.ra.i.ga/da/i.sso*
怎麼有這種神經病？

會 話

Ⓐ 너 미쳤어?
樓 咪秋搜
no*/mi.cho*.sso*
你瘋了嗎？

Ⓑ 그래! 난 미쳤어! 난 미친놈이야!
可累 男 咪秋搜 男 咪親樓咪呀
geu.re*//nan/mi.cho*.sso*//nan/mi.chin.no.mi.ya
對，我瘋了，我是瘋子。

吵架、ㄉ角

나가!

哪嘎

na.ga

出去、滾出去！

詞 彙	나가다 [動詞]
解 釋	出去、離開

相關例句

例 너 나가! 꼴도 보기 싫어!

NO 哪嘎 夠兒豆 波可衣 西囉

no*/na.ga//gol.do/bo.gi/si.ro*

你出去！我不想看到你！

例 나가세요. 여기 있으면 안 돼요.

哪嘎誰呦 呦個衣 衣思謬 安 對呦

na.ga.se.yo//yo*.gi/i.sseu.myo*n/an/dwe*.yo

請您出去，您不能待在這裡。

會 話

Ⓐ 나가! 내 방에서 당장 나가!

哪嘎 內 幫A搜 堂髒 哪嘎

na.ga//ne*/bang.e.so*/dang.jang/na.ga

出去，馬上離開我房間！

Ⓑ 더 있으래도 갈 거야.

投 衣思類豆 卡兒 勾呀

do*/i.sseu.re*.do/gal/go*.ya

就算你留我，我也會走。

吵架、ㄉ角

비켜!
匹科又
bi.kyo*
讓開、走開！

詞 彙	비키다 [動詞]
解 釋	躲開、避開、走開、讓開

相關例句

例 차 지나 다니니까 빨리 비켜라.
擦 七那 他你你嘎 爸兒里 匹可又拉
cha/ji.na/da.ni.ni.ga/bal.li/bi.kyo*.ra
這裡車要過，快點避開！

例 저리 비켜! 안 보이잖아.
醜里 匹可又 安 波衣渣那
jo*.ri/bi.kyo*//an/bo.i.ja.na
你走開，我看不到。

會 話

A 야, 비켜! 비키라고!
呀 匹可又 匹可衣啦購
ya//bi.kyo*//bi.ki.ra.go
喂！走開，我叫你走開。

B 싫은데 내가 왜 비켜야 하는데?
西冷貼 累嘎 為 匹可又呀 哈能貼
si.reun.de/ne*.ga/we*/bi.kyo*.ya/ha.neun.de
不要，我為什麼要走開。

吵架、口角

거기 서!

口個衣　搜

go*.gi/so*

站住！

詞彙解釋	서다 [動詞]
	立、站、站立

相關例句

例 너 거기 서! 내가 갈 때까지 꼼짝 말고 거기 서 있어!

NO　口個衣　搜　內嘎　卡兒　爹嘎幾　公炸　馬兒勾　口個衣　搜　衣搜

no*/go*.gi/so*//ne*.ga/gal/de*.ga.ji/gom.jjak/mal.go/go*.gi/so*//i.sso*

你站住！我過去之前，你給我站在那裡不准動！

會話

Ⓐ 야! 너 거기 서! 거기 안 서?

呀　NO　口個衣　搜　口個衣　安　搜

ya//no*/go*.gi/so*//go*.gi/an/so*

喂！你站住！你還不給我站住？

Ⓑ 너라면 서겠냐?

NO拉謬　搜給娘

no*.ra.myo*n/so*.gen.nya

是你的話，你會站住嗎？

Ⓐ 너 잡히면 죽는다.

NO　插屁謬　春能打

no*.ja.pi.myo*n/jung.neun.da

被我抓到你就死定了。

吵架、ㄉ角

너 바보야?
NO 怕播呀
no*/ba.bo.ya
你是笨蛋嗎？

詞　彙	바보 [名詞]
解　釋	傻瓜、笨蛋

會話一

Ⓐ 일을 왜 이따위로 처리해? 너 바보지?
衣惹　為　衣答烏衣漏　湊里黑　NO 怕播寄
i.reul/we*/i.da.wi.ro/cho*.ri.he*//no*/ba.bo.ji
你為什麼把事情處理成這樣？你是笨蛋，對吧？

Ⓑ 전 바보 아니에요.
寵　怕播　啊你耶呦
jo*n/ba.bo/a.ni.e.yo
我不是笨蛋。

會話二

Ⓐ 나 이해 안 돼. 다시 설명해 봐.
那　衣黑　安　對　他西　搜兒謬黑　爸
na/i.he*/an/dwe*//da.si/so*l.myo*ng.he*/bwa
我不懂，你再說明一遍。

Ⓑ 네가 바보야? 왜 이해를 못해?
你嘎　怕波呀　為　衣黑惹　末貼
ni.ga/ba.bo.ya//we*/i.he*.reul/mo.te*
你是笨蛋嗎？為什麼會不懂？

吵架、ㄍ角

화났어?
花那搜
hwa.na.sso*
你生氣啦?

詞 彙	화나다　[動詞]
解 釋	生氣、發火、發脾氣

會話一

Ⓐ 화났어? 미안. 앞으로 안 그럴게.
花那搜　咪安　啊潰漏　安　可囉兒給
hwa.na.sso*//mi.an//a.peu.ro/an/geu.ro*l.ge
你生氣啦?對不起!以後不敢了。

Ⓑ 너 어떻게 나한테 이럴 수가 있어. 이 나쁜
놈아.
NO　喔豆K　那憨貼　衣囉兒　酥嘎　衣搜　衣　那
奔　農馬
no*/o*.do*.ke/na.han.te/i.ro*l/su.ga/i.sso*//i/na.
beun/no.ma
你怎麼可以對我這樣?你這混蛋!

會話二

Ⓐ 나한테 뭐 화가 난 거 있어요?
那憨貼　摸　花嘎　南　狗　衣搜呦
na.han.te/mwo/hwa.ga/nan/go*/i.sso*.yo
你在生我的氣嗎?

Ⓑ 아니, 아닌데.
啊你　啊您爹
a.ni//a.nin.de
沒有啊!

吵架、口角

열 받아요.
唷兒 怕打呦
yo*l/ba.da.yo
氣死我了

慣用句	열을 받다
解 釋	受熱、生氣、惱火、火大

相關例句

例 진짜 열 받겠어요!
金渣 唷兒 爸给搜呦
jin.jja/yo*l/bat.ge.sso*.yo
你一定氣死了。

會 話

Ⓐ 아, 열 받아.
阿 唷兒 爸打
a//yo*l/ba.da
啊～氣死我了。

Ⓑ 왜 그래요?
為 可累呦
we*/geu.re*.yo
怎麼了？

Ⓐ 컴퓨터가 또 다운됐어.
恐噴U投嘎 豆 答溫對搜
ko*m.pyu.to*.ga/do/da.un.dwe*.sso*
電腦又當機了。

吵架、ㄉ角

죽을래?

處哥兒累

ju.geul.le*

找死嗎？

詞 彙	죽다 [動詞]
解 釋	死、死亡

相關例句

例 이게 무슨 짓이죠? 죽을래요?

衣給 母森 基西救 處哥兒累呦

i.ge/mu.seun/ji.si.jyo//ju.geul.le*.yo

你這是做什麼？找死嗎？

會 話

Ⓐ 내 시계는 언제 돌려줄 거야?

內 西給能 翁賊 投安六租兒 狗呀

ne*/si.ge.neun/o*n.je/dol.lyo*.jul/go*.ya

我的錶你什麼時候要還我？

Ⓑ 사실…잃어버렸어. 미안! 새로 사 줄게.

沙西兒 衣囉波六搜 咪安 誰漏 沙 租兒給

sa.sil/i.ro*.bo*.ryo*.sso*//mi.an//se*.ro/sa/jul.ge

其實…我弄丟了。對不起！我買新的給你。

Ⓐ 너 진짜 죽을래?

NO 金渣 處哥兒累

no*/jin.jja/ju.geul.le*

你真的找死啊？

吵架、ㄇ角

너 죽었어.
NO 處勾搜
no*/ju.go*.sso*
你死定了！

詞　彙	죽다 [動詞]
解　釋	死、死亡

相關例句

例 너 오늘 죽었어! 이리 오지 못해?
NO 歐呢 處勾搜 衣里 歐基 摸貼
no*/o.neul/jju.go*.sso*//i.ri/o.ji/mo.te*
你今天死定了！你還不給我過來？

例 너 죽었어! 내 손에 죽어!
NO 處勾搜 累 松內 處勾
no*/ju.go*.sso*//ne*/so.ne/ju.go*
你死定了！會死在我手上！

會話

Ⓐ 감히 날 두고 바람을 펴? 너 죽었어!
砍咪 那兒 吐夠 怕拉悶 匹呦 NO 處勾搜
gam.hi/nal/du.go/ba.ra.meul/pyo*//no*/ju.go*.sso*
竟敢撇開我在外面拈花惹草？你死定了！

Ⓑ 그런 거 아니야. 내가 다 설명할 수 있어.
可龍 勾 啊你呀 累嘎 他 搜兒謬哈兒 酥 衣搜
geu.ro*n/go*/a.ni.ya//ne*.ga/da/so*l.myo*ng.hal/ssu/i.sso*
不是那樣的，我可以解釋。

吵架、ㄇ角

입 닥쳐!
衣不 大秋
ip/dak.cho*
閉嘴！

慣用句	입을 닥치다
解 釋	閉嘴、住嘴

相關例句

例 입 닥치지 못해?

衣不 大氣基 摸貼
ip/dak.chi.ji/mo.te*
你還不閉上你的嘴巴？

例 제발 입 좀 다물어!

賊爸兒 衣不 綜 他木囉
je.bal/ip/jom/da.mu.ro*
拜託你閉嘴！

會 話

Ⓐ 너 참 뻔뻔하고 비겁하구나!
NO 餐 崩崩哈勾 匹狗怕古那
no*/cham/bo*n.bo*n.ha.go/bi.go*.pa.gu.na
你真是不要臉又卑鄙！

Ⓑ 지금 말 다 했어? 그 입 닥쳐!
七根 馬兒 他 黑搜 科 衣不 大秋
ji.geum/mal/da/he*.sso*//geu/ip/dak.cho*
你話說完了嗎？給我閉嘴！

吵架、ㄇ角

말 조심해!
馬兒　臭心黑
mal/jjo.sim.he*
你說話小心點！

詞　彙	조심하다 [動詞]
解　釋	小心、注意、謹慎

相關例句

例 너네들은 입 조심해!
NO內的冷　衣不　臭心黑
no*.ne.deu.reun/ip/jo.sim.he*
你們說話注意一點！

例 말 좀 가려서 하세요.
馬兒　綜　卡六搜　哈誰呦
mal/jjom/ga.ryo*.so*/ha.se.yo
請你說話注意一點！

會 話

Ⓐ 앞으로 쓸데없는 말을 하면 널 가만 안 돼.
알았어?
阿噴漏　奢兒貼翁能　馬惹　哈謬恩　NO兒　卡慢
安　躲　阿拉搜
a.peu.ro/sseul.de.o*m.neun/ma.reul/ha.myo*n/no*l/
ga.man/an/dwo//a.ra.sso*
如果你以後再亂說話，我不會放過你，知道了嗎？

Ⓑ 알았어요. 입 조심할게요.
阿拉搜呦　衣不　臭心哈兒給呦
a.ra.sso*.yo//ip/jo.sim.hal.ge.yo
知道了，我說話會注意的。

052

吵架、ㄉ角

화내지 마세요.

花累基　媽誰呦

hwa.ne*.ji/ma.se.yo

請您別生氣

詞　彙	화내다　[動詞]
解　釋	生氣、發脾氣、發火

相關例句

例 내가 언제 화냈어요?

累嘎　翁賊　花類搜呦

ne*.ga/o*n.je/hwa.ne*.sso*.yo

我什麼時候生氣了？

例 엄마가 나한테 화를 냈어요.

翁媽嘎　那憨貼　花惹　累搜呦

o*m.ma.ga/na.han.te/hwa.reul/ne*.sso*.yo

媽媽對我發脾氣了。

會 話

Ⓐ 화내지 마요. 내가 잘못했어요.

花累基　馬呦　累嘎　插兒末貼搜呦

hwa.ne*.ji/ma.yo//ne*.ga/jal.mo.te*.sso*.yo

別生氣，我錯了。

Ⓑ 아니야, 너한테 화낸 거 미안해.

阿你呀　NO憨貼　花累　狗　咪安黑

a.ni.ya//no*.han.te/hwa.ne*n/go*/mi.an.he*

不是的，對不起！我不該對你生氣。

吵架、Ｄ角

오해하지 마세요.

歐黑哈基　馬誰呦

o.he*.ha.ji/ma.se.yo

請您別誤會

詞　彙	오해하다 [動詞]
解　釋	誤會、誤解

相關例句

例 죄송합니다. 제가 오해했습니다.

崔松憨你打　賊嘎　歐黑黑你打

jwe.song.ham.ni.da//je.ga/o.he*.he*t.sseum.ni.da

對不起，我誤會你了。

例 그건 오해야. 내가 잘 설명해 줄게.

可公　歐黑呀　累嘎　插兒　搜兒謬恩黑　租兒給

geu.go*n/o.he*.ya//ne*.ga/jal/sso*l.myo*ng.he*/jul.ge

那是誤會，我會好好跟你解釋。

會 話

Ⓐ 그러니까 다 내 책임이야?

可囉你嘎　他　累　疵Ａ個英咪呀

geu.ro*.ni.ga/da/ne*/che*.gi.mi.ya

所以都是我的責任嗎？

Ⓑ 오해하지 마. 나 그런 뜻이 아니야.

歐黑哈基　馬　那　可龍　的西　阿你呀

o.he*.ha.ji/ma//na/geu.ro*n/deu.si/a.ni.ya

你別誤會，我不是那個意思。

吵架、ㄇ角

인마
銀馬
in.ma
小子

詞 彙	인마 [名詞]
解 釋	小子、你這傢伙（為「이 놈아」的略語）

相關例句

例 야, 인마. 너 오늘 왜 그래?

呀 銀馬 NO 歐呢 為 可累

ya//in.ma//no*/o.neul/we*/geu.re*

喂～小子，你今天怎麼了？

例 인마! 너 여기서 자면 안 돼! 일어나!

銀馬 NO 呦個衣搜 插謬 安 對 衣囉那

in.ma//no*/yo*.gi.so*/ja.myo*n/an/dwe*//i.ro*.na

小子，你不能在這裡睡覺，快起來！

會 話

A 형한테 지금 꼭 해야 할 말이 있어요.

呵用慈貼 七根 夠 K呀 哈兒 馬里 衣搜呦

hyo*ng.han.te/ji.geum/go/ke*.ya/hal/ma.ri/i.sso*.yo

我現在有件事一定要跟哥哥你說。

B 인마! 나 지금 엄청 바빠. 나중에 얘기하자.

銀馬 那 七根 翁匆 怕爸 那尊A 耶個衣哈渣

in.ma//na/ji.geum/o*m.cho*ng/ba.ba//na.jung.e/ye*.

gi.ha.ja

小子！我現在很忙，以後再說。

吵架、口角

자식아.
插系嘎
ja.si.ga
臭小子

詞彙解釋	자식 [名詞] ①子女、孩子②（罵人）小子、傢伙

相關例句

例 이 자식아, 지금 뭐 하는 거야!
衣 插系嘎 妻跟 魔 哈能 狗呀
i/ja.si.ga//ji.geum/mwo/ha.neun/go*.ya
你這臭小子，你在幹嘛？

例 지금 내 말을 무시하는 거야? 야! 이 자식아!
妻跟 累 馬惹 母西哈能 狗呀 呀 衣 插系嘎
ji.geum/ne*/ma.reul/mu.si.ha.neun/go*.ya//ya//i/ja.si.ga
你現在把我的話當耳邊風嗎？喂！你這臭小子！

會 話

A 어디 가? 이 자식아.
喔低 卡 衣 插系嘎
o*.di/ga//i/ja.si.ga
你這臭小子，你要去哪？

B 엄마, 잔소리 좀 그만하세요. 제발
翁罵 蟬嗽里 綜 可慢哈誰呦 賊爸兒
o*m.ma//jan.so.ri/jom/geu.man.ha.se.yo//je.bal
媽，拜託你不要再念了！

不悅、不高興

장난해?

常男黑

jang.nan.he*

開什麼玩笑？

詞彙解釋	장난하다　[動詞]
	鬧著玩、搗蛋、惡作劇、開玩笑

相關例句

例 너 지금 나랑 장난해?

　NO 妻跟 那郎 常男黑

　no*/ji.geum/na.rang/jang.nan.he*

　你現在在跟我開玩笑嗎？

例 장난이 좀 심하네.

　常那你 宗 新哈內

　jang.na.ni/jom/sim.ha.ne

　玩笑有些開過頭了呢！

會話

Ⓐ 야! 장난치지 마. 유치하게.

　呀 常男七基 馬 U氣哈給

　ya//jang.nan.chi.ji/ma//yu.chi.ha.ge

　喂！別開玩笑，很幼稚！

Ⓑ 나 지금 장난치는 거 아니야.

　男 妻跟 常男妻能 狗 啊你呀

　na/ji.geum/jang.nan.chi.neun/go*/a.ni.ya

　我現在不是在開玩笑。

不悅、不高興

멀었어요?
摸囉搜呦
mo*.ro*.sso*.yo
還要很久嗎？

詞　彙	멀다 [形容詞]
解　釋	遠、久遠、遙遠

會話一

Ⓐ 엄마, 배고파요. 저녁은 아직 멀었어요?
翁罵　陪勾怕呦　醜妞跟　阿金　摸囉搜呦
o*m.ma//be*.go.pa.yo//jo*.nyo*.geun/a.jing/mo*.
ro*.sso*.yo
媽，我肚子餓了，晚餐還要很久嗎？

Ⓑ 잠깐만, 거의 다 했어!
蟬乾慢　口衣　他　黑搜
jam.gan.man//go*.i/da/he*.sso*
等一下，快好了。

會話二

Ⓐ 일을 끝내려면 멀었어?
衣惹　跟內六謬　摸囉搜
i.reul/geun.ne*.ryo*.myo*n/mo*.ro*.sso*
你的工作還要很久才能做完嗎？

Ⓑ 아니, 다 끝났다.
阿你　他　跟那打
a.ni//da/geun.nat.da
不，都做完了。

● 不悅、不高興

짜증나!

渣增那

jja.jeung.na

真煩人！

慣用句	짜증이 나다
解 釋	心煩、煩躁、不耐煩

相關例句

例 되는 일은 하나도 없고 짜증나 죽겠어요.

腿能 衣冷 哈那豆 喔不購 渣增那 組給搜呦

dwe.neun/i.reun/ha.na.do/o*p.go/jja.jeung.na/juk.ge.sso*.yo

做什麼事都不順利，煩死人了。

會 話

A 아, 정말 짜증나.

啊 寵媽兒 渣增那

a//jo*ng.mal/jja.jeung.na

啊～很煩耶！

B 왜 이래? 뭐가 짜증나는데?

為 衣累 魔嘎 渣增那能貼

we*/i.re*//mwo.ga/jja.jeung.na.neun.de

怎麼了？什麼事很煩？

A 혜영이가 계속 연락이 안 돼서.

黑庸衣嘎 K嗽 庸啦個衣 安 對捜

he.yo*ng.i.ga/ge.sok/yo*l.la.gi/an/dwe*.so*

一直聯絡不上慧英。

1. 韓劇經典台詞篇 059

不悅、不高興

삐진 거야?

遍金　狗呀

bi.jin/go*.ya

鬧彆扭啦、生氣啦？

詞　彙 解　釋	삐지다 [動詞] 要小脾氣、生氣（正確原形為「삐치다」， 但韓國人一般都説成「삐지다」，基本上兩 者通用）

相關例句

例 너 삐졌어?

NO　遍救搜

no*/bi.jo*.sso*

你生氣啦？

會　話

Ⓐ 오빠 삐진 거예요?

歐爸　遍金　狗耶呦

o.ba/bi.jin/go*.ye.yo

哥，你生氣啦？

Ⓑ 내가 언제?

累嘎　翁賊

ne*.ga/o*n.je

我哪有？

Ⓐ 무슨 남자가 걸핏하면 삐져?

母森　男渣嘎　口兒匹他謬　遍救

mu.seun/nam.ja.ga/go*l.pi.ta.myo*n/bi.jo*

什麼男生動不動就生氣啊？

不悅、不高興

너무해요.

NO木黑呦

no*.mu.he*.yo

太過分了！

詞 彙	너무하다 [形容詞]
解 釋	過分、超過

相關例句

例 아무리 그래도 이건 너무해요.

阿母里 可累豆 衣拱 NO木黑呦

a.mu.ri/geu.re*.do/i.go*n/no*.mu.he*.yo

不管怎麼說，這樣太過分了。

例 보자 보자 하니까 진짜 너무하시네요.

播渣 播渣 哈你嘎 金渣 NO木哈西內呦

bo.ja/bo.ja/ha.ni.ga/jin.jja/no*.mu.ha.si.ne.yo

我一直忍耐，您實在太過分了。

例 그런 발언은 좀 너무하지 않아요?

科龍 怕囉能 綜 NO木哈基 阿那呦

geu.ro*n/ba.ro*.neun/jom/no*.mu.ha.ji/a.na.yo

你不覺得那樣的發言有些過分嗎？

例 제가 잘못한 건 맞는데 강등은 너무하잖아요.

賊嘎 插兒末貪 拱 滿能貼 扛等恩 NO木哈渣那呦

je.ga/jal.mo.tan/go*n/man.neun.de/gang.deung.eun/no*.mu.ha.ja.na.yo

我承認我有錯，但降級太過分了。

不悅、不高興

날 건드리지 마.
那兒　恐的里基　馬
nal/go*n.deu.ri.ji/ma
你別惹我！

詞　彙	건드리다　[動詞]
解　釋	招惹、冒犯、惹惱、觸犯

會話一

Ⓐ 날 건드리지 마.
那兒　恐的里基　馬
nal/go*n.deu.ri.ji/ma
你別惹我！

Ⓑ 너 왜 이래? 내가 뭘 잘못했다고 그래?
NO 為　衣累　累嘎　摸兒　插兒末參打夠　可累
no*/we*/i.re*//ne*.ga/mwol/jal.mo.te*t.da.go/geu.
re*
你幹嘛這樣？我有做錯什麼嗎？

會話二

Ⓐ 나 지금 기분이 나쁘니까 날 건드리지 마.
那　起跟　可衣不你　那奔你嘎　那兒　拱的里基　馬
na/ji.geum/gi.bu.ni/na.beu.ni.ga/nal/go*n.deu.ri.ji/
ma
我現在心情很差，別惹我。

Ⓑ 알았어. 안 건드릴게.
阿拉搜　安　恐的里兒給
a.ra.sso*//an/go*n.deu.ril.ge
知道了，不惹你。

不悅、不高興

야단을 맞았어요.

呀答呢　馬紮搜呦

ya.da.neul/ma.ja.sso*.yo

我被罵了

慣用句	야단을 맞다
解　釋	受斥、受訓、挨罵

相關例句

例 방금 할아버지께 야단을 맞았어요.

旁跟　哈拉播幾給　呀打呢　馬渣搜呦

bang.geum/ha.ra.bo*.ji.ge/ya.da.neul/ma.ja.sso*.yo

我剛才被爺爺罵了。

例 유리창을 깨뜨려서 엄마한테 야단을 맞았어요.

u里倉兒　給的六搜　翁馬憨貼　呀打呢　馬紮搜呦

yu.ri.chang.eul/ge*.deu.ryo*.so*/o*m.ma.han.te/ya.da.neul/ma.ja.sso*.yo

我把玻璃窗打破，被媽媽罵了一頓。

會 話

Ⓐ 너, 왜 그래? 울었어?

NO 為　可累　五囉搜

no*//we*//geu.re*//u.ro*.sso*

你怎麼了，你哭了嗎？

Ⓑ 오늘 선생님한테 야단을 맞았어요.

歐呢　松先您憨貼　呀答呢　馬紮搜呦

o.neul/so*n.se*ng.nim.han.te/ya.da.neul/ma.ja.sso*.yo

我今天被老師罵了。

不悅、不高興

너랑 무슨 상관이야?

NO郎 母森 商關你呀

no*.rang/mu.seun/sang.gwa.ni.ya

跟你有什麼關係？

詞 彙	상관 [名詞]
解 釋	關係、相干、干係

相關例句

例 그게 너랑 무슨 상관인데 신경 꺼.

可給 NO郎 母森 商關您貼 新個庸 夠

geu.ge/no*.rang/mu.seun/sang.gwa.nin.de/sin.gyo*ng/go*

那跟你有什麼關係，你別管！

會 話

Ⓐ 요즘 정말 무슨 일이 있는 건 아니죠?

呦贈 寵馬兒 母森 衣里 影能 拱 阿你救

yo.jeum/jo*ng.mal/mu.seun/i.ri/in.neun/go*n/a.ni.jyo

你最近真的有什麼事對吧？

Ⓑ 그게 너랑 무슨 상관이야?

可給 NO郎 母森 商關衣呀

geu.ge/no*.rang/mu.seun/sang.gwa.ni.ya

跟你有什麼關係？

Ⓐ 그냥 걱정돼서.

可釀 口宗對搜

geu.nyang/go*k.jjo*ng.dwe*.so*

我只是擔心你。

不悅、不高興

간섭하지 마세요.

砍搜怕基　馬誰呦

gan.so*.pa.ji/ma.se.yo

請不要干涉

詞　彙	간섭하다 [動詞]
解　釋	干涉、干預、過問

相關例句

例 신경 쓰지 말고 네 일이나 잘 해!

新個泳　思基　馬兒夠　內　衣里那　擦　累

sin.gyo*ng/sseu.ji/mal.go/ne/i.ri.na/jal/he*

你別操心，你管好你自己就好。

例 참견하지 마.

參個用哈基　馬

cham.gyo*n.ha.ji/ma

不要管我。

會　話

Ⓐ 내 일이야. 간섭하지 마.

內　衣里呀　砍搜怕基　馬

ne*/i.ri.ya//gan.so*.pa.ji/ma

這是我的事，你不要干涉。

Ⓑ 걱정했잖아.

口宗黑緊那

go*k.jjo*ng.he*t.jja.na

我擔心你嘛！

不悅、不高興

더는 참을 수 없어요.
投能 參悶 酥 喔不搜呦
do*.neun/cha.meul/ssu/o*p.sso*.yo.
再也無法忍受了

詞 彙	참다 [動詞]
解 釋	忍受、忍耐、忍住

相關例句

例 좀 참으세요.

綜 參悶誰呦
jom/cha.meu.se.yo
您再忍忍吧。

例 좀 아플 거예요. 좀 참아요.

綜 阿噴兒 勾耶呦 綜 參罵呦
jom/a.peul/go*.ye.yo//jom/cha.ma.yo
會有點痛,忍一下。

會 話

Ⓐ 난 더 이상 못 참아.
囊 投 衣商 末 參罵
nan/do*/i.sang/mot/cha.ma
再也無法忍受了。

Ⓑ 그러지 말고 조금만 더 참아 보자.
可囉基 馬兒夠 醜跟慢 投 參馬 播紮
geu.ro*.ji/mal.go/jo.geum.man/do*/cha.ma.bo.ja
別這樣,我們再忍一下吧。

請求、幫忙

도와 주세요.

頭挖　租誰呦

do.wa/ju.se.yo

請幫我

詞彙	도와 주다 [動詞]
解釋	表示別人幫助我，或自己幫助他人

※語法：動詞語幹＋아/어 주다　表示為某人做某事

會話一

Ⓐ 저 좀 도와 주세요.

醜　綜　頭挖　租誰呦

jo*/jom/do.wa/ju.se.yo

請您幫幫我。

Ⓑ 어떻게 도와 줄까요?

喔豆K　頭挖　租兒嘎呦

o*.do*.ke/do.wa/jul.ga.yo

要怎麼幫你呢？

會話二

Ⓐ 저 좀 도와 줄 수 있어요?

醜　綜　頭挖　租兒　酥　衣搜呦

jo*/jom/do.wa/jul/su/i.sso*.yo

您可以幫我嗎？

Ⓑ 그럼요. 뭘 도와 줄까요?

可囉謬　撥兒　頭挖　租兒嘎呦

geu.ro*.myo//mwol/do.wa/jul.ga.yo

當然可以，要幫你什麼？

請求、幫忙

내가 도와 줄게요.

累嘎　頭挖　租兒給呦

ne*.ga/do.wa/jul.ge.yo

我來幫你

詞　彙	돕다　[動詞]
解　釋	幫助、幫忙

相關例句

例 제가 도와 드릴게요.

賊嘎　頭挖　特里兒給呦

je.ga/do.wa/deu.ril.ge.yo

我來幫您。

例 민정아, 도와 줄까?

民宗阿　頭挖　租兒嘎

min.jo*ng.a//do.wa/jul.ga

敏貞，要我幫你嗎？

會 話

Ⓐ 내가 도와 줄게.

累嘎　頭挖　租兒給

ne*.ga/do.wa/jul.ge

我幫你。

Ⓑ 괜찮아요. 제가 할 수 있어요.

虧參那呦　賊嘎　哈兒　酥　衣搜呦

gwe*n.cha.na.yo//je.ga/hal/ssu/i.sso*.yo

不用了，我可以自己來。

請求、幫忙

제발 부탁이야!

賊爸兒　撲他個衣呀

je.bal/bu.ta.gi.ya

拜託我求你了！

詞　彙	제발　[副詞]
解　釋	千萬、拜託、請你（使用在迫切地請求上）

相關例句

例 제발! 제발 그만 좀 해!

賊爸兒　賊爸兒　可慢　綜　黑

je.bal//je.bal/geu.man/jom/he*

拜託，拜託你住手（口）！

例 제발 내 말 좀 들어 줘요.

賊爸兒　內　嗎兒　綜　特囉　左呦

je.bal/ne*/mal/jjom/deu.ro*/jwo.yo

拜託你聽我説。

例 제발 가지 말아 주세요.

賊爸兒　卡基　馬拉　租誰呦

je.bal/ga.ji/ma.ra/ju.se.yo

求你不要走。

例 제발 좀 냉정하게 판단하세요.

賊爸兒　綜　累恩宗哈給　潘單哈誰呦

je.bal/jjom/ne*ng.jo*ng.ha.ge/pan.dan.ha.se.yo

拜託你冷靜點判斷吧！

• track 026

請求、幫忙

부탁해요.

撲他K呦

bu.ta.ke*.yo

拜託、麻煩你了！

詞 彙	부탁하다 [動詞]
解 釋	請託、託付、拜託

會 話

Ⓐ 민영아, 부탁해.

民永啊　撲踏K

mi.nyo*ng.a//bu.ta.ke*

敏英，拜託啦！

Ⓐ 이번만 도와 주면 앞으로 부탁할 일은 없을 거야.

衣崩慢　投哇　組謬　啊潰漏　撲他卡兒　衣冷　喔不奢　狗呀

i.bo*n.man/do.wa/ju.myo*n/a.peu.ro/bu.ta.kal/i.reun/o*p.sseul/go*.ya

如果這次幫我，以後我不會再有事麻煩你了。

Ⓑ 이번이 진짜 마지막이다. 알지?

衣崩你　金渣　馬基罵個衣打　啊兒基

i.bo*.ni/jin.jja/ma.ji.ma.gi.da/al.jji

這次真的是最後一次了，知道吧？

0
7
0

請求、幫忙

부탁할 게 있어요.
撲他卡兒　給　衣搜呦
bu.ta.kal/ge/i.sso*.yo
有事想拜託你

詞彙	부탁하다 [動詞]
解釋	請託、拜託、委託、託付

相關例句

例 부탁 하나 들어 주실래요?
撲他　卡那　特囉　租西兒累呦
bu.ta/ka.na/deu.ro*/ju.sil.le*.yo
您可以幫我一個忙嗎？

例 부탁 하나 해도 될까요?
撲他　卡那　黑豆　腿兒嘎呦
bu.ta/ka.na/he*.do/dwel.ga.yo
可以拜託你一件事嗎？

會話

A 언니한테 부탁할 게 있어요.
翁你憨貼　撲他卡兒給　衣搜呦
o*n.ni.han.te/bu.ta.kal/ge/i.sso*.yo
我有事想拜託姊姊（妳）。

B 무슨 부탁인데? 말해 봐.
母森　撲他個銀爹　馬累　爸
mu.seun/bu.ta.gin.de//mal.he*/bwa
什麼事？你說吧。

請求、幫忙

살려 주세요.

沙兒六　租誰呦

sal.lyo*/ju.se.yo

請您救救我吧

詞 彙	살리다 [動詞]
解 釋	救活、使復活

相關例句

例 한번만 살려 주십시오.

憨崩慢　沙兒六　租西不秀

han.bo*n.man/sal.lyo*/ju.sip.ssi.o

請您救我一次吧。

例 살려 주서서 감사합니다.

沙兒六　租休搜　砍沙憨你打

sal.lyo*/ju.syo*.so*/gam.sa.ham.ni.da

謝謝您救了我。

會 話

Ⓐ 의사 선생님, 제발 제 아이 좀 살려 주세요.

衣沙　松先淳　賊爸兒　賊　阿衣　綜　沙兒六　租誰呦

ui.sa/so*n.se*ng.nim//je.bal/jje.a.i/jom/sal.lyo*/ju.se.yo

醫師，求求您救救我的孩子吧。

Ⓑ 알겠습니다. 일단 진정하세요.

阿兒給森你打　衣兒但　金宗哈誰呦

al.get.sseum.ni.da//il.dan/jin.jo*ng.ha.se.yo

我知道了，您先冷靜一下。

● 請求、幫忙

믿어 주세요.

咪豆 租誰呦

mi.do*/ju.se.yo

請相信我

詞 彙	믿다 [動詞]
解 釋	相信、信任、信仰

相關例句

例 나를 그렇게 못 믿어요?

那惹 可囉K 盟 咪豆呦

na.reul/geu.ro*.ke/mon/mi.do*.yo

你就那麼不相信我嗎？

例 아무도 믿지 마세요.

阿母豆 密基 馬誰呦

a.mu.do/mit.jji/ma.se.yo

請別相信任何人。

會話

A 왜 나한테 거짓말을 했어?

為 那惹貼 口金馬惹 黑搜

we*/na.han.te/go*.jin.ma.reul/he*.sso*

你為什麼對我說謊？

B 거짓말이 아니에요. 믿어 주세요.

口金馬里 阿你耶呦 米豆 租誰呦

go*.jin.ma.ri/a.ni.e.yo//mi.do*/ju.se.yo

那不是謊話，請相信我。

請求、幫忙

가지 마.
卡基 馬
ga.ji/ma
不要走

詞 彙	가다 [動詞]
解 釋	去、前往

相關例句

例 가지 마. 제발 떠나지 마.
卡基 馬 賊爸兒 豆那基 馬
ga.ji/ma//je.bal/do*.na.ji/ma
別走，拜託別離開我！

例 가지 마. 가지 말라니까!
卡基 馬 卡基 馬兒拉你嘎
ga.ji/ma//ga.ji/mal.la.ni.ga
不要走，我說你別走！

例 난 네가 필요해. 가지 마!
男 你嘎 匹六黑 卡基 馬
nan/ni.ga/pi.ryo.he*//ga.ji/ma
我需要你，你別走。

例 가지 마. 내 곁에 있어 줘.
卡基 馬 內 可呦貼 衣搜 左
ga.ji/ma//ne*/gyo*.te/i.sso*/jwo
別走，待在我身邊吧。

請求、幫忙

어떡해요?

喔豆K呦

o*.do*.ke*.yo

怎麼辦?

詞 彙	어떡하다 [動詞]
解 釋	怎麼做、怎麼辦（為어떠하게 하다的略語）

相關例句

例 난 이제 어떡해?

男 衣賊 喔豆K

nan/i.je/o*.do*.ke*

我現在怎麼辦才好?

例 전 어떡해요? 정말 미치겠어요.

竉 喔豆K呦 竉馬兒 咪七給搜呦

jo*n/o*.do*.ke*.yo//jo*ng.mal/mi.chi.ge.sso*.yo

我該怎麼辦?真的快瘋了!

會 話

Ⓐ 오늘 안에 부장님을 못 만났으면 어떡해요?

歐呢 啊內 鋪髒你悶 盟 蠻那思謬 喔豆K呦

o.neul/a.ne/bu.jang.ni.meul/mon/man.na.sseu.myo*n/o*.do*.ke*.yo

如果今天還見不到部長的話怎麼辦?

Ⓑ 걱정 마. 꼭 오실 거야.

恐宗 馬 夠 毆西兒 狗呀

go*k.jjo*ng/ma//gok.o.sil/go*.ya

別擔心,部長一定會來的。

忠告、勸阻

정신 좀 차려!
寵心 綜 擦六
jo*ng.sin/jom/cha.ryo*
清醒一點吧

慣用句	정신을 차리다
解　釋	打起精神、振作精神、清醒

相關例句

例 정신 좀 차려! 세상에 공짜가 어디 있어?

寵心 綜 擦六 誰商A 公渣嘎 喔低 衣搜
jo*ng.sin/jom/cha.ryo*//se.sang.e/gong.jja.ga/o*.di/
i.sso*

清醒一點，世界上哪有白吃的午餐。

例 이제 제발 정신 좀 차리세요.

衣賊 賊爸兒 寵心 綜 擦里誰呦
i.je/je.bal/jjo*ng.sin/jom/cha.ri.se.yo

現在求您振作一點吧。

例 죽은 거 아니지? 정신 좀 차려 봐.

處跟 狗 啊你幾 寵心 綜 擦六 爸
ju.geun/go*/a.ni.ji/jo*ng.sin/jom/cha.ryo*/bwa

不是死了吧？你醒醒啊！

例 아직은 정신을 못 차리구나!

啊寄跟 寵心呢 綜 擦里古那
a.ji.geun/jo*ng.si.neul/mot/cha.ri.gu.na

你還沒能清醒啊？

忠告、勸阻

그만둬요.

可慢朵呦

geu.man.dwo.yo

算了吧、住手吧

詞 彙	그만두다 [動詞]
解 釋	作罷、放棄、算了、取消、辭職

相關例句

例 여기서 그만둘 수 없어요.

呦個衣搜 可慢土兒 酥 喔不搜呦

yo*.gi.so*/geu.man.dul/su/o*p.sso*.yo

我不能就這樣放棄。

例 오늘은 그만두는 게 좋겠다.

歐呢冷 可慢土能 給 醜K打

o.neu.reun/geu.man.du.neun/ge/jo.ket.da

今天就到此為止吧。

會 話

Ⓐ 우리 그만두자.

五里 可慢土渣

u.ri/geu.man.du.ja

我們到此為止吧。

Ⓑ 안 돼. 난 그만 못 둬. 끝까지 갈 거야.

安 對 男 可慢 末 墮 個嘎基 卡兒 勾呀

an.dwe*//nan/geu.man/mot/dwo//geut.ga.ji/gal/go*.

ya

不行，我不能放棄，我要走到最後一刻。

忠告、勸阻

후회할 거야.

乎灰哈兒 狗呀

hu.hwe.hal/go*.ya

你會後悔的

詞　彙 解　釋	후회하다 [動詞] 後悔

相關例句

例 지금 열심히 공부 안 하면 앞으로 후회할 거 예요.

七根 呦兒西咪 恐不 安 哈謬 啊噴漏 乎灰 哈兒 勾耶呦

ji.geum/yo*l.sim.hi/gong.bu/an/ha.myo*n/a.peu.ro/ hu.hwe.hal/go*.ye.yo

你現在如果不好好讀書，以後會後悔的。

例 후회할 짓 하지 마라.

乎灰哈兒 寄 哈基 馬拉

hu.hwe.hal/jit/ha.ji/ma.ra

不要做會讓自己後悔的事。

會 話

Ⓐ 너, 후회할 거야.

NO 乎灰哈兒 狗呀

no*//hu.hwe.hal/go*.ya

你會後悔的。

Ⓑ 아니, 난 절대 후회 안 해!

啊你 男 醜兒爹 乎灰 安 黑

a.ni//nan/jo*l.de*/hu.hwe/an/he*

不，我絕對不會後悔！

忠告、勸阻

꿈 깨!

棍　給

gum/ge*

醒醒吧！

詞　彙	깨다 [動詞]
解　釋	清醒、醒悟、覺悟

相關例句

例 꿈 깨세요. 제발 현실을 직시하세요.

棍　給誰呦　賊爸兒　呵庸西惹　己系哈誰呦

gum/ge*.se.yo//je.bal/hyo*n.si.reul/jjik.ssi.ha.se.yo

您清醒一點，請面對現實吧。

會 話

Ⓐ 미영이 너무 예쁘지 않냐?

咪庸衣　NO母　耶奔基　安娘

mi.yo*ng.i/no*.mu/ye.beu.ji/an.nya

你不覺得美英很美嗎？

Ⓐ 예쁘고 성격도 좋아 보이고 딱 내 타입이네.

耶奔夠　松個又豆　醜阿　播衣夠　大　累　他衣
逼內

ye.beu.go/so*ng.gyo*k.do/jo.a/bo.i.go/dak/ne*/ta.i.
bi.ne

長得漂亮，個性也看起來不錯，正是我的菜！

Ⓑ 꿈 깨! 미영이 남친이 있다.

棍　給　咪庸衣　男氣你　衣打

gum/ge*//mi.yo*ng.i/nam.chi.ni/it.da

醒醒吧，美英有男朋友了。

難過、丟臉

정말 속상해 죽겠어요.

寵馬兒　噉商黑　處給搜呦

jo*ng.mal/ssok.ssang.he*/juk.ge.sso*.yo

真的難過死了

詞　彙	속상하다　[形容詞]
解　釋	心痛、難過

相關例句

例 그런 일로 속상해 하지 마.

可龍　衣兒漏　噉商黑　哈基　馬

geu.ro*n/il.lo/sok.ssang.he*/ha.ji/ma

別為了那種事難過。

例 아이가 너무 힘들어 보여서 속상해 죽겠어요.

阿衣嘎　NO木　阿銀的囉　播唷搜　噉商黑　處給搜呦

a.i.ga/no*.mu/him.deu.ro*/bo.yo*.so*/sok.ssang.he*/juk.ge.sso*.yo

孩子看起來很辛苦，讓我很難受。

會話

Ⓐ 정말 속상해 죽겠어요.

寵馬兒　噉商黑　處給搜呦

jo*ng.mal/ssok.ssang.he*/juk.ge.sso*.yo

真的難過死了。

Ⓑ 울고 싶으면 울어. 괜찮아.

烏兒勾　西噴謬恩　烏囉　虧參那

ul.go/si.peu.myo*n/u.ro*//gwe*n.cha.na

想哭就哭吧，沒關係！

難過、丟臉

너무 후회돼요.

NO木　乎灰對呦

no*.mu/hu.hwe.dwe*.yo

我很後悔

詞 彙	너무　[副詞]
解 釋	很、太、過分

相關例句

例 후회해도 소용없어요.

乎灰黑豆　搜庸喔不搜呦

hu.hwe.he*.do/so.yong.o*p.sso*.yo

後悔也沒用了。

例 난 후회 안 해요.

囊　乎灰　安　黑呦

nan/hu.hwe/an/he*.yo

我不後悔。

會 話

Ⓐ 전남친이랑 헤어진 게 너무 후회돼요.

寵男氣你郎　嘿喔金給　NO木　乎灰對呦

jo*n.nam.chi.ni.rang/he.o*.jin.ge/no*.mu/hu.hwe.
dwe*.yo

我很後悔跟前男友分手。

Ⓑ 제발 그런 남자를 잊어버려요.

賊爸兒　可龍　男緊惹　衣走播六呦

je.bal/geu.ro*n/nam.ja.reul/i.jo*.bo*.ryo*.yo

拜託快忘了那種男人吧。

● 難過、丟臉

쪽팔려요.

捧怕兒六呦

jjok.pal.lyo*.yo

丟死人了

詞 彙	쪽팔리다 [動詞]
解 釋	丟臉、丟人、丟面子

相關例句

例 정말 쪽팔려 죽겠다.

寵馬兒　捧怕兒六　處給打

jo*ng.mal/jjok.pal.lyo*/juk.get.da

真的丟臉死了！

例 넌 하나도 안 쪽팔리냐?

農　哈那豆　安　捧怕兒里娘

no*n/ha.na.do/an/jjok.pal.li.nya

你一點也不覺得丟人嗎？

會 話

Ⓐ 너 축구하다가 넘어졌지?

NO　粗估哈打嘎　樓摸走擠

no*/chuk.gu.ha.da.ga/no*.mo*.jo*t.jji

你踢足球跌倒了對吧？

Ⓑ 너도 본 거야? 아, 쪽팔려!

NO豆　朋　狗呀　阿　捧怕兒六

no*.do/bon/go*.ya//a//jjok.pal.lyo*

你也看到了啊？啊～丟臉死了！

難過、丟臉

창피해요!

倉匹黑呦

chang.pi.he*.yo

真丟臉

詞　彙	창피하다　[形容詞]
解　釋	丟臉、丟人、羞愧

相關例句

例 오늘 많은 사람 앞에서 울었어요. 너무 창피
해요.

歐呢　馬能　沙郎　阿配搜　烏囉搜呦　NO母　倉
匹黑呦

o.neul/ma.neun/sa.ram/a.pe.so*/u.ro*.sso*.yo//no*.
mu/chang.pi.he*.yo

我今天在很多人面前哭了，好丟臉！

會　話

Ⓐ 난 아빠가 창피해요.

男　阿爸嘎　倉匹黑呦

nan/a.ba.ga/chang.pi.he*.yo

我覺得爸爸很丟臉。

Ⓑ 뭐? 내가 왜?

魔　累嘎　為

mwo//ne*.ga/we*

什麼？我怎麼了？

Ⓐ 회사에 안 가고 맨날 집에서 놀잖아요.

灰沙A　安　卡勾　妹恩那兒　基杯搜　NO兒渣那呦

hwe.sa.e/an/ga.go/me*n.nal/jji.be.so*/nol.ja.na.yo

不去上班，每天都閒在家裡。

安慰、鼓勵

신경 쓰지 마.

新個庸　思基　馬

sin.gyo*ng/sseu.ji/ma

別在意、別放在心上

慣用句	신경을 쓰다
解　釋	費心思、操心、在意、放在心上

相關例句

例 제가 알아서 할테니까 신경 쓰지 마세요.

賊嘎　啊拉搜　哈兒貼你嘎　新個呦　思基　馬誰呦

je.ga/a.ra.so*/hal.te.ni.ga/sin.gyo*ng/sseu.ji/ma.se.

yo

我會自行處理，您不用費心。

會 話

Ⓐ 그 여자가 누구야? 너 바람 피우니?

可　呦渣嘎　苦估呀　NO　怕狼　匹烏你

geu/yo*.ja.ga/nu.gu.ya//no*/ba.ram/pi.u.ni

那個女的是誰？你劈腿嗎？

Ⓑ 그런 거 아니야.

可龍　狗　啊你呀

geu.ro*n/go*/a.ni.ya

不是那樣的。

Ⓑ 그러니까 그만 신경 쓰지 마.

可囉你嘎　可慢　新個庸　斯基馬

geu.ro*.ni.ga/geu.man/sin.gyo*ng/sseu.ji/ma

所以你就別放在心上了。

● 安慰、鼓勵

걱정하지 마.

口宗哈基　馬

go*k.jjo*ng.ha.ji/ma

別擔心

詞　彙	걱정하다 [動詞]
解　釋	擔心、操心、擔憂

相關例句

例 걱정하지 마세요.

口宗哈基　馬誰呦

go*k.jjo*ng.ha.ji/ma.se.yo

請您別擔心。

例 정말 별거 아니니까 걱정 안 해도 돼요.

寵馬兒　匹呦兒狗　啊你你嘎　口宗　安　黑豆　腿
呦

jo*ng.mal/byo*l.go*/a.ni.ni.ga/go*k.jjo*ng/an/he*.
do/dwe*.yo

真的沒怎樣，你不用擔心。

會 話

Ⓐ 괜찮아요? 많이 다쳤어요?

虧餐那呦　馬你　他湊搜呦

gwe*n.cha.na.yo//ma.ni/da.cho*.sso*.yo

沒事嗎？傷得很嚴重嗎？

Ⓑ 얼마 안 다쳤어요. 걱정하지 마요.

喔兒馬　安　他湊搜呦　口宗哈基　馬呦

o*l.ma/an/da.cho*.sso*.yo//go*k.jjo*ng.ha.ji/ma.yo

沒有傷得很嚴重，別擔心。

安慰、鼓勵

웬 걱정?

為　口綜

wen/go*k.jjo*ng

擔心什麼呀？

詞　彙	웬　[冠形詞]
解　釋	哪來的、怎麼

相關例句

例 웬 걱정이 그렇게 많아?

為　口綜衣　可囉K　馬那

wen/go*k.jjo*ng.i/geu.ro*.ke/ma.na

哪來那麼多擔心？

例 웬 걱정이에요?

為　口綜衣耶呦

wen/go*k.jjo*ng.i.e.yo

幹嘛要擔心呀？

會 話

Ⓐ 지영이가 내 선물을 안 좋아하면 어떡해?

起庸衣嘎　累　松木惹　安　醜阿哈謬恩　喔豆K

ji.yo*ng.i.ga/ne*/so*n.mu.reul/an/jo.a.ha.myo*n/o*.do*.ke*

如果智英不喜歡我的禮物，怎麼辦？

Ⓑ 웬 걱정? 분명히 좋아할 거야.

為　口綜　撲謬恩衣　醜阿哈兒　狗呀

wen/go*k.jjo*ng//bun.myo*ng.hi/jo.a.hal/go*.ya

擔心什麼呀？她一定會喜歡的。

安慰、鼓勵

울지 마요.

烏兒基　馬呦

ul.ji/ma.yo

別哭了

| 詞 彙 | 울다 [動詞] |
| 解 釋 | 哭、鳴叫 |

相關例句

例 나를 위해 울지 마. 아파하지 마.

那惹　烏衣黑　烏兒基　馬　阿怕哈基　馬

na.reul/wi.he*/ul.ji/ma/a.pa.ha.ji/ma

別為了我哭，別生病。

例 울지 마. 네가 울면 나도 아파.

烏兒基　馬　內嘎　烏兒謬　那豆　阿怕

ul.ji/ma/ne.ga/ul.myo*n/na.do/a.pa

別哭，你哭我也會難受。

例 내가 다 잘못했으니까 울지 마.

累嘎　他　插兒末貼思你嘎　烏兒基　馬

ne*.ga/da/jal.mo.te*.sseu.ni.ga/ul.ji/ma

都是我的錯，你別哭了。

例 울지 마요. 무슨 일인데 그래요?

烏兒基　馬呦　母森　衣林爹　可累呦

ul.ji/ma.yo/mu.seun/i.rin.de/geu.re*.yo

你別哭了，發生什麼事了？

安慰、鼓勵

포기하지 마.

破個衣哈基　馬

po.gi.ha.ji/ma

別放棄

詞　彙	포기하다 [動詞]
解　釋	放棄、拋棄、拋下、捨棄

相關例句

例 포기하자. 이제 그만하자.

破個衣哈紮　衣賊　可慢哈紮

po.gi.ha.ja//i.je/geu.man.ha.ja

我們放棄吧，現在住手吧！

例 절대 포기하지 마세요.

醜兒爹　破個衣哈基　馬誰呦

jo*l.de*/po.gi.ha.ji/ma.se.yo

請您絕對別放棄。

會　話

Ⓐ 포기하지 마. 잘 해낼 거야.

破個衣哈基　馬　插兒　黑累兒　勾呀

po.gi.ha.ji/ma//jal/he*.ne*l/go*.ya

別放棄，你可以辦到的。

Ⓑ 알았어. 다시 해 볼게.

阿拉搜　他西　黑　播兒給

a.ra.sso*//da.si/he*/bol.ge

知道了，我在試試看。

安慰、鼓勵

슬퍼하지 마세요.

思兒破哈基　馬誰呦

seul.po*.ha.ji/ma.se.yo

您別難過

詞　彙	슬퍼하다 [動詞]
解　釋	哀傷、難過、傷心

相關例句

例 울지 마. 슬퍼하지 마.

烏兒基　馬　思兒破哈基　馬

ul.ji/ma//seul.po*.ha.ji/ma

別哭，別難過！

例 너무 슬퍼하지 마. 마음 아파하지 마.

NO木　思兒破哈基　馬　馬恩　阿怕哈基　馬

no*.mu/seul.po*.ha.ji/ma//ma.eum.a.pa.ha.ji/ma

你別太難過，別太傷心。

會　話

Ⓐ 슬퍼하지 마. 내가 옆에 있잖아.

思兒破哈基　馬　累嘎　又配　衣緊那

seul.po*.ha.ji/ma//ne*.ga/yo*.pe/it.jja.na

你別難過，我在你身邊。

Ⓑ 그래, 슬퍼하지 않을게! 고마워.

可累　思兒破哈基　阿呢給　口馬我

geu.re*//seul.po*.ha.ji.a.neul.ge//go.ma.wo

恩，我不會難過的，謝謝你！

安慰、鼓勵

화이팅!
花衣聽
hwa.i.ting
加油！

詞 彙	화이팅 [感嘆詞]
解 釋	加油（與파이팅同義）

相關例句

例 아자아자. 화이팅!

阿渣阿渣　花衣聽

a.ja.a.ja//hwa.i.tin

加油！

例 자신감을 갖어라! 화이팅!

插新感悶　卡走啦　花衣聽

ja.sin.ga.meul/ga.jo*.ra//hwa.i.ting

要有信心！加油！

會 話

Ⓐ 난 잘할 자신이 없어.

男　差拉兒　插西你　喔不搜

nan/jal.hal/jja.si.ni/o*p.sso*

我沒有信心能做得好。

Ⓑ 언니는 잘 할 수 있을 거예요. 파이팅!

翁你能　插　拉兒　酥　衣奢　狗耶呦　怕衣聽

o*n.ni.neun/jal/hal/ssu/i.sseul/go*.ye.yo//pa.i.ting

姊姊（你）一定可以的，加油！

關心、照顧

너 괜찮아?

NO 賄擦那

no*/gwe*n.cha.na

你沒事嗎、你還好吧？

詞 彙	괜찮다 [形容詞]
解 釋	沒關係、不要緊、沒事

相關例句

例 너 표정이 왜 그래? 괜찮아?

NO 匹呦宗衣 為 個累 賄擦那

no*/pyo.jo*ng.i/we*/geu.re*//gwe*n.cha.na

你的表情怎麼那樣？沒事嗎？

例 사장님, 괜찮으십니까?

沙髒您 賄擦呢心你嘎

sa.jang.nim//gwe*n.cha.neu.sim.ni.ga

社長，您還好嗎？

會話

A 너 괜찮아? 다친 데 없어?

NO 賄擦那 他親 爹 喔不搜

no*/gwe*n.cha.na//da.chin/de/o*p.sso*

你沒事嗎？有哪裡受傷嗎？

B 어, 난 괜찮아.

喔 男 賄擦那

o*//nan/gwe*n.cha.na

嗯？我沒事。

關心、照顧

무슨 일이야?
母森 衣里呀
mu.seun/i.ri.ya
什麼事啊?

詞　彙	일 [名詞]
解　釋	事情、工作

相關例句

例 무슨 일이야? 어서 말해 봐!
母森 衣里呀 喔搜 馬累 爸
mu.seun/i.ri.ya//o*.so*/mal.he*/bwa
什麼事啊?趕快說!

例 도대체 무슨 일이에요?
投參賊 母森 衣里耶呦
do.de*.che/mu.seun/i.ri.e.yo
到底是什麼事情啊?

會話

Ⓐ 왜 우는데? 무슨 일이야?
為 烏能貼 母森 衣里呀
we*/u.neun.de//mu.seun/i.ri.ya
你哭什麼?怎麼了?

Ⓑ 아무것도 아니에요.
阿母狗豆 阿你耶呦
a.mu.go*t.do/a.ni.e.yo
沒事啦!

關心、照顧

왜 우울하세요?

為 烏烏兒哈誰呦

we*/u.ul.ha.se.yo

你為什麼悶悶不樂呢？

| 詞 彙 | 우울하다 [形容詞] |
| 解 釋 | 憂鬱、悶悶不樂、不開心 |

相關例句

例 요즘 너무 우울해요.

呦贈 NO木 烏烏兒黑呦

yo.jeum/no*.mu/u.ul.he*.yo

最近很不開心。

例 형은 우울할 때 담배를 피워요.

呵用恩 烏烏拉兒 爹 彈貝惹 匹我呦

hyo*ng.eun/u.ul.hal/de*/dam.be*.reul/pi.wo.yo

哥哥憂鬱時會抽菸。

會 話

Ⓐ 왜 우울하세요?

為 烏烏拉誰呦

we*/u.ul.ha.se.yo

你為什麼悶悶不樂呢？

Ⓑ 사실은 요즘 일 때문에 스트레스를 많이 받아요.

沙西冷 呦贈 衣兒 貼木內 思特累思惹 馬你怕答呦

sa.si.reun/yo.jeum/il/de*.mu.ne/seu.teu.re.seu.reul/ma.ni/ba.da.yo

其實我最近因為工作的關係，壓力很大。

● 關心、照顧

> 좀 쉴까요?
>
> 綜　需兒嘎呦
>
> jom/swil.ga.yo
>
> 要不要休息一下？

詞　彙	쉬다 [動詞]
解　釋	休息、歇息

相關例句

例 피곤하면 좀 쉬어요.

匹公哈謬恩　綜　需喔呦

pi.gon.ha.myo*n/jom/swi.o*.yo

如果累了，就休息一下吧。

例 좀 쉬어도 됩니까?

綜　需喔豆　腿你嘎

jom/swi.o*.do/dwem.ni.ga

我可以休息一下嗎？

會 話

Ⓐ 나머지는 제가 할테니 좀 쉬세요.

那摸幾能　賊嘎　哈兒貼你　綜　需誰呦

na.mo*.ji.neun/je.ga/hal.te.ni/jom/swi.se.yo

剩下的我來做，您休息一下吧。

Ⓑ 그래, 아무래도 좀 쉬어야겠다.

可累　阿母累豆　綜　需喔呀給打

geu.re*//a.mu.re*.do/jom/swi.o*.ya.get.da

好，我也該休息一會了。

關心、照顧

어디 아파요?

喔低　阿怕呦

o*.di/a.pa.yo

你哪裡不舒服嗎？

詞　彙	아프다　[形容詞]
解　釋	痛、疼痛、生病、不舒服

會話一

Ⓐ 안색이 안 좋아 보여요. 어디 아파요?

安誰個衣　安　醜阿　波呦呦　喔低　阿怕呦

an.se*.gi/an/jo.a/bo.yo*.yo//o*.di/a.pa.yo

你臉色看來不太好，哪裡不舒服嗎？

Ⓑ 위가 너무 아파요.

烏衣嘎　樓木　阿怕呦

wi.ga/no*.mu/a.pa.yo

胃很痛。

會話二

Ⓐ 전 배가 아파요. 좀 쉬어도 됩니까?

寵　配嘎　阿怕呦　綜　噓你豆　腿你嘎

jo*n/be*.ga/a.pa.yo//jom/swi.o*.do/dwem.ni.ga

我肚子痛，可以休息一下嗎？

Ⓑ 그래. 그래. 가서 쉬어.

可累　可累　卡搜　噓喔

geu.re*//geu.re*//ga.so*/swi.o*

好，好，去休息。

關心、照顧

> 아파요.
> 阿怕呦
> a.pa.yo
> 很痛

詞 彙	아프다 [形容詞]
解 釋	痛、疼痛、生病、不舒服

會話一

A 많이 아파요?
馬你 阿怕呦
ma.ni/a.pa.yo
很痛嗎?

B 아니야. 하나도 안 아파.
阿你呀 哈那豆 阿 那怕
a.ni.ya//ha.na.do/an/a.pa
不會,一點也不痛。

會話二

A 어디 아파요?
喔低 阿怕呦
o*.di/a.pa.yo
你哪邊不舒服?

B 머리가 아파요. 진통제 좀 주세요.
摸里嘎 阿怕呦 金通賊 綜 組誰呦
mo*.ri.ga/a.pa.yo//jin.tong.je/jom/ju.se.yo
我頭痛,請給我止痛藥。

關心、照顧

몸은 어때요?

盟悶 喔爹呦

mo.meun/o*.de*.yo

身體怎麼樣了？

詞 彙	몸 [名詞]
解 釋	身體、身子、身軀

會話一

A 몸은 어때요?

盟悶 喔爹呦

mo.meun/o*.de*.yo

身體怎麼樣了？

B 점점 좋아지고 있어요.

寵總 醜啊基夠 衣搜呦

jo*m.jo*m/jo.a.ji.go/i.sso*.yo

有慢慢在康復了。

會話二

A 몸 좀 어때? 진짜 걱정했잖아.

盟 綜 喔爹 金渣 口棕黑渣那

mom/jom/o*.de*//jin.jja/go*k.jjo*ng.he*t.jja.na

身體怎麼樣？我真的很擔心你。

B 진짜 괜찮아. 그냥 감기야.

金渣 虧餐那 可釀 砍個衣呀

jin.jja/gwe*n.cha.na//geu.nyang/gam.gi.ya

真的沒事，只是感冒而已。

關心、照顧

많이 나아졌어요.
馬你　那阿救搜呦
ma.ni/na.a.jo*.sso*.yo
好多了、好起來

詞　彙	나아지다 [動詞]
解　釋	好起來、好多了

相關例句

例 많이 나아졌어요. 내일 퇴원할 수 있어요.
馬你　那阿救搜呦　內衣兒　推窩那兒酥　衣搜呦
ma.ni/na.a.jo*.sso*.yo//ne*.il/twe.won.hal/ssu/i.
sso*.yo
我好多了，明天可以出院了。

會話

A 감기는 좀 나아졌어요?
砍個衣能　綜　那阿救搜呦
gam.gi.neun/jom/na.a.jo*.sso*.yo
感冒有比較好嗎？

B 많이 나아졌어요.
馬你　那阿救搜呦
ma.ni/na.a.jo*.sso*.yo
好很多了。

B 걱정해 줘서 고마워요.
口宗黑　左搜　口媽我呦
go*k.jjo*ng.he*/jwo.so*/go.ma.wo.yo
謝謝你為我擔心。

● 關心、照顧

심해요?

新黑呦

sim.he*.yo

很嚴重嗎？

| 詞 彙 | 심하다 [形容詞] |
| 解 釋 | 嚴重、厲害、過分 |

會話一

Ⓐ 심해요?

新黑呦

sim.he*.yo

很嚴重嗎？

Ⓑ 별로 안 심해요.

匹哨兒漏 安 新黑呦

byo*l.lo/an/sim.he*.yo

沒有很嚴重。

會話二

Ⓐ 머리가 좀 아프네요.

撲里嘎 綜 阿噴內呦

mo*.ri.ga/jom/a.peu.ne.yo

我頭有點痛。

Ⓑ 괜찮아요? 심해요?

虧參那呦 新黑呦

gwe*n.cha.na.yo//sim.he*.yo

你還好嗎？很嚴重嗎？

慶幸、高興

다행이다.
他黑恩衣打
da.he*ng.i.da
慶幸、太好了、幸好

詞　彙	다행 [名詞]
解　釋	幸好、慶幸、幸虧

相關例句

例 종양을 일찍 발견해서 참 다행이다.

宗羊兒 衣兒寄 怕兒個庸黑搜 餐 他黑恩衣打
jong.yang.eul/il.jjik/bal.gyo*n.he*.so*/cham/da.he*.ng.i.da
幸虧能提早發現腫瘤。

例 수술도 잘 되어서 다행이네요.

酥酥兒豆 插兒 腿喔搜 他黑恩衣內呦
su.sul.do/jal/dwe.o*.so*/da.he*ng.i.ne.yo
手術也很順利，太好了！

會 話

Ⓐ 네가 있어서 다행이다. 고마워.

內嘎 衣搜搜 他黑恩衣打 口媽我
ne.ga/i.sso*.so*/da.he*ng.i.da//go.ma.wo
幸虧有你在，謝謝。

Ⓑ 별말씀을요.

匹呦兒馬兒森悶六
byo*l.mal.sseu.meu.ryo
哪裡的話（您太客氣了）。

慶幸、高興

기분 좋다!

可衣不恩 醜踏

gi.bun/jo.ta

心情很好

詞 彙	기분 [名詞]
解 釋	情緒、心情

相關例句

例 너 오늘 기분이 매우 좋아 보이네!

NO 歐呢 可衣不你 妹鳥 醜啊 波衣內

no*/o.neul/gi.bu.ni/me*.u/jo.a.bo.i.ne

你今天心情看起來不錯耶!

例 오늘 기분 짱이야!

歐呢 可衣不恩 髒衣呀

o.neul/gi.bun/jjang.i.ya

今天心情太棒了!

會 話

Ⓐ 기분이 좋아 보이네요.

可衣部你 醜阿 波衣內呦

gi.bu.ni/jo.a/bo.i.ne.yo

你心情看來很好呢!

Ⓑ 사실 복권에 당첨됐거든요.

沙西兒 波果內 糖蔥腿勾等妞

sa.sil/bok.gwo.ne/dang.cho*m.dwe*t.go*.deu.nyo

其實我中彩券了。

慶幸、高興

잘됐다!

插兒對打

jal.dwe*t.da

太好了

詞 彙 解 釋	잘되다 [動詞]
	(事情)成、順利(使用在某件事順利進行或圓滿成功時)

會話一

Ⓐ 나 이번 학기 장학금 받았어.

那 衣崩 哈個衣 常哈根 怕大搜

na/i.bo*n/hak.gi/jang.hak.geum/ba.da.sso*

我這學期拿到獎學金了。

Ⓑ 야, 잘됐다. 이제 알바 안 해도 되겠네.

呀 插兒對打 衣賊 阿兒爸 安 黑豆 腿給內

ya//jal.dwe*t.da//i.je/al.ba/an/he*.do/dwe.gen.ne

欸～太好了。現在你可以不用打工了。

會話二

Ⓐ 나 대리로 승진했다.

那 貼里漏 森金黑打

na/de*.ri.ro/seung.jin.he*t.da

我升職為代理了。

Ⓑ 너무 잘됐다. 축하해.

NO木 插兒對打 粗卡黑

no*.mu/jal.dwe*t.da//chu.ka.he*

太好了,恭喜你。

慶幸、高興

기대돼요.

可衣爹對呦

gi.de*.dwe*.yo

我很期待

詞 彙	기대되다 [動詞]
解 釋	期待、期望

相關例句

例 기대하고 있을게요.

可衣爹哈勾 衣奢給呦

gi.de*.ha.go/i.sseul.ge.yo

我會期待的。

例 기대 안 해요.

可衣爹 安 黑呦

gi.de*/an/he*.yo

我不期待。

會 話

Ⓐ 내일 공연에 올 거지?

累衣兒 公泳內 歐兒 狗基

ne*.il/gong.yo*.ne/ol/go*.ji

明天的公演你會來吧?

Ⓑ 당연하지. 나도 내일 공연은 정말 기대가 커요.

堂泳哈基 那豆 累衣兒 空泳能 寵馬兒 可衣爹嘎 扣呦

dang.yo*n.ha.ji//na.do/ne*.il/gong.yo*.neun/jo*ng.mal/gi.de*.ga/ko*.yo

當然囉!我也很期待明天的公演。

戀愛、結婚

사랑해요.

沙郎嘿呦

sa.rang.he*.yo

我愛你

詞 彙	사랑하다 [動詞]
解 釋	愛

會話一

A 오빠, 날 사랑해?

歐爸 那兒 沙郎嘿

o.ba//nal/ssa.rang.he*

哥,你愛我嗎?

B 그럼, 사랑하지.

可撈 沙郎哈幾

geu.ro*m//sa.rang.ha.ji

當然愛你囉!

會話二

A 자기야, 왜 나를 사랑해?

擦個衣呀 為 那惹 沙郎嘿

ja.gi.ya//we*/na.reul/ssa.rang.he*

親愛的,你為什麼愛我?

B 예쁘고 착하잖아.

耶笨夠 擦卡緊那

ye.beu.go/cha.ka.ja.na

因為你漂亮個性也很好啊!

戀愛、結婚

나랑 연애하자.

那郎　永內哈渣

na.rang/yo*.ne*.ha.ja

跟我談戀愛吧

詞　彙	연애하다　[動詞]
解　釋	談戀愛

相關例句

例 나는 연애하고 싶어요.

那能　永內哈勾　西波呦

na.neun/yo*.ne*.ha.go/si.po*.yo

我想談戀愛。

例 그런 남자랑 연애하지 마요.

可龍　男渣郎　永內哈基　馬呦

geu.ro*n/nam.ja.rang/yo*.ne*.ha.ji/ma.yo

別跟那種男人談戀愛。

會　話

Ⓐ 너 연애 한번도 안 해 봤지?

NO　永內　憨崩豆　安　黑　爸寄

no*/yo*.ne*/han.bo*n.do/an.he*/bwat.jji

你沒談過戀愛對吧？

Ⓑ 나도 연애 많이 해 봤거든.

那豆　永內　馬你　黑　爸狗等

na.do/yo*.ne*/ma.ni/he*/bwat.go*.deun

我談過很多次戀愛好嗎？

戀愛、結婚

진심이에요?
金西咪耶呦
jin.si.mi.e.yo
你是真心的嗎？

詞　彙	진심 [名詞]
解　釋	真心、衷心、認真

相關例句

例 널 좋아해. 그건 진심이야.
NO兒 醜阿黑 可拱 金西咪呀
no*l/jo.a.he*//geu.go*n/jin.si.mi.ya
我喜歡你，是真心的。

例 내 진심을 보여 줄게요.
累 金西悶 播唷 租兒給呦
ne*/jin.si.meul/bo.yo*/jul.ge.yo
我會對你展現我的真心。

會　話

A 나랑 결혼하고 싶다고 한 거, 진심이야?
那郎 可唷龍哈勾 系打夠 寒 狗 金西咪呀
na.rang/gyo*l.hon.ha.go/sip.da.go/han.go*//jin.si.
mi.ya
你說想跟我結婚，是真心的嗎？

B 당연히 진심이지.
堂庸衣 金西咪幾
dang.yo*n.hi/jin.si.mi.ji
當然是真心的。

戀愛、結婚

사랑에 빠졌다.
沙郎A 爸救打
sa.rang.e/ba.jo*t.da
我戀愛了

慣用句	사랑에 빠지다
解　釋	墜入情海、墜入愛河

會 話

Ⓐ 난 사랑에 빠진 것 같아.
囊 沙郎A 爸金 狗 嘎踏
nan/sa.rang.e/ba.jin/go*t/ga.ta
我好像戀愛了。

Ⓑ 누구랑?
努古郎
nu.gu.rang
跟誰？

Ⓐ 네 동생 미연이랑.
你 同先 咪庸你郎
ni/dong.se*ng/mi.yo*.ni.rang
你妹妹美妍。

Ⓑ 안 돼. 절대 안 돼.
安 對 醜兒貼 安 對
an/dwe*//jo*l.de*/an/dwe*
不行，絕對不行。

● 戀愛、結婚

보고 싶어요.

播夠　西波呦

bo.go/si.po*.yo

想你

詞　彙 解　釋	보다 [動詞] 看、觀看、察看

相關例句

例 보고 싶어. 어디야?

播夠　西波　喔低呀

bo.go/si.po*//o*.di.ya

我想你，你在哪？

例 정말 보고 싶어 미칠 것 같아요.

寵馬兒　播夠　西波　咪氣兒　狗　嘎踏呦

jo*ng.mal/bo.go/si.po*/mi.chil/go*t/ga.ta.yo

想你想得快瘋了。

會 話

Ⓐ 지금 뭐해요? 나 안 보고 싶어요?

七根　魔黑呦　那　安　波夠　西波呦

ji.geum/mwo.he*.yo//na/an/bo.go/si.po*.yo

你現在在做什麼？不想我嗎？

Ⓑ 보고 싶지.

波夠　西不基

bo.go/sip.jji

當然想囉！

戀愛、結婚

헤어지자!

嘿喔基渣

he.o*.ji.ja

我們分手吧！

詞 彙	헤어지다 [動詞]
解 釋	分開、分手、分離

相關例句

例 우리 헤어지자. 그만 만나자.

烏里 嘿喔基渣 可慢 蠻那渣

u.ri/he.o*.ji.ja//geu.man/man.na.ja

我們分手吧，別再見面了！

例 우리 헤어졌어요.

烏里 嘿喔救搜呦

u.ri/he.o*.jo*.sso*.yo

我們分手了。

會 話

Ⓐ 우리 이혼하자.

烏里 衣烘哈渣

u.ri/i.hon.ha.ja

我們離婚吧！

Ⓑ 당신은 나랑 못 헤어져. 내가 죽어 버리면 모를까.

堂西能 那郎 摸 貼喔救 累嘎 處勾 波里謬 摸惹嘎

dang.si.neun/na.rang/mo/te.o*.jo*//ne*.ga/ju.go*/bo*.ri.myo*n/mo.reul.ga

你跟我不能分開，除非我死了。

戀愛、結婚

> 저 시집가요.
> 醜　西幾嘎呦
> jo*/si.jip.ga.yo
> 我要嫁人了

慣用句	시집가다
解　釋	出嫁、嫁人（使用在女性結婚成為他人的妻子時）

相關例句

例 저 시집가요. 축하해 주세요.

醜　西幾不嘎呦　粗卡黑　租誰呦

jo*/si.jip.ga.yo//chu.ka.he*/ju.se.yo

我要嫁人了，祝福我吧。

例 내가 시집을 못 가나 봐요.

累嘎　西幾奔　末　嘎那　爸呦

ne*.ga/si.ji.beul/mot/ga.na/bwa.yo

我好像嫁不出去。

會話

Ⓐ 너 올해 오빠한테 시집 올래?

NO　歐累　歐爸憨貼　西幾　歐兒累

no*/ol.he*/o.ba.han.te/si.ji/bol.le*

你今年要嫁給哥哥（我）嗎？

Ⓑ 싫어. 나 유학 가.

西囉　那　U哈　嘎

si.ro*//na/yu.hak/ga

不要，我要去留學。

戀愛、結婚

저 장가가요!

醜　常嘎嘎呦

jo*/jang.ga.ga.yo

我要娶老婆了

慣用句	장가가다
解　釋	娶媳婦、娶老婆（使用在男性結婚成為他人的丈夫時）

會話一

Ⓐ 저 드디어 장가가요.

醜　特低喔　常嘎嘎呦

jo*/deu.di.o*/jang.ga.ga.yo

我終於要娶老婆了。

Ⓑ 축하해요. 신부는 누구죠?

粗卡黑呦　新不能　努估教

chu.ka.he*.yo//sin.bu.neun/nu.gu.jyo

恭喜你，新娘是誰？

會話二

Ⓐ 형은 왜 아직 장가를 못 갔어요?

呵庸恩　為　阿寄　常嘎惹　末　嘎搜呦

hyo*ng.eun/we*/a.jik/jang.ga.reul/mot/ga.sso*.yo

哥哥（你）為什麼還娶不到老婆？

Ⓑ 난 못 간 게 아니라 안 간 거지.

囊　末　乾　給　阿你拉　安　乾　狗幾

nan/mot/gan/ge/a.ni.ra/an/gan/go*.ji

我不是娶不到，是不想娶。

失望、絕望、難過

너무 실망이에요.

NO木 西兒忙衣耶呦

no*.mu/sil.mang.i.e.yo

太失望了

詞 彙	실망 [名詞]
解 釋	失望

※실망하다（失望）為動詞

相關例句

例 진짜 너무 실망했어요.

金紮 NO木 西兒忙黑搜呦

jin.jja/no*.mu/sil.mang.he*.sso*.yo

真的太失望了。

例 너무 실망하지 마세요.

NO木 西兒忙哈基 馬誰呦

no*.mu/sil.mang.ha.ji/ma.se.yo

您別太失望。

會 話（夫妻之間的對話）

Ⓐ 당신 실망시킨 거 미안해.

堂新 西兒忙西可銀 狗 咪安黑

dang.sin/sil.mang.si.kin/go*/mi.an.he*

對不起讓你失望了。

Ⓑ 그래, 다시는 날 실망시키지 마.

可累 他西能 那兒 西兒忙西可衣基 馬

geu.re*//da.si.neun/nal/ssil.mang.si.ki.ji/ma

恩，你別再讓我失望了。

失望、絕望、難過

말도 마세요.

馬兒豆　馬誰呦

mal.do/ma.se.yo

別提了

慣用句	말도 마라
解　釋	別提了（用來向對方強調某件事的異常之處）

會話一

Ⓐ 너 휴대폰 바꿨어?

NO　呵U貼朋　怕果搜

no*/hyu.de*.pon/ba.gwo.sso*

你換手機了？

Ⓑ 말도 마세요. 어제 학교에서 잃어버렸어요.

馬兒豆　馬誰呦　喔賊　哈個A搜　衣囉播溜搜呦

mal.do/ma.se.yo//o*.je/hak.gyo.e.so*/i.ro*.bo*.
ryo*.sso*.yo

別提了，昨天在學校把手機弄丟了。

會話二

Ⓐ 중국 여행 계획은 잘 짜고 있니?

尊坤　妞黑恩　K灰跟　渣兒　渣勾　影你

jung.gung/nyo*.he*ng/ge.hwe.geun/jal/jja.go/in.ni

中國旅遊的計畫規劃得怎麼樣了？

Ⓑ 말도 마. 회사 일 때문에 취소했어.

馬兒豆　馬　灰沙　衣兒　貼母內　去嗽黑搜

mal.do/ma//hwe.sa/il/de*.mu.ne/chwi.so.he*.sso*

別提了，因為公司的事情取消了。

• 失望、絕望、難過

나만 빼고…

哪慢　杯勾

na.man/be*.go

除了我、沒算上我、落下我

詞　彙	빼다 [動詞]
解　釋	減去、拿掉、扣掉、除外

相關例句

例 그 일은 나만 빼고 다 알고 있는 것 같다.

科　衣冷　哪慢　杯勾　他　阿兒勾　影能　狗　嘎打

geu/i.reun/na.man/be*.go/da/al.go/in.neun/go*t/gat.da

那件事除了我以外，好像大家都知道。

例 나만 빼고 다 어디 간 거야?

哪慢　杯勾　他　喔低　砍　勾呀

na.man/be*.go/da/o*.di/gan/go*.ya

大家丟下我都去了哪裡？

會話

Ⓐ 가족들이 나만 빼고 다 바다에 놀러 갔어요.

卡捧的里　哪慢　杯勾　他　趴打A　樓兒囉　卡搜

呦

ga.jok.deu.ri/na.man/be*.go/da/ba.da.e/nol.lo*/ga.

sso*.yo

除了我，家人都去海邊玩了。

Ⓑ 왜 같이 안 갔어요?

為　卡氣　安　嘎搜呦

we*/ga.chi/an/ga.sso*.yo

你為什麼不一起去？

失望、絕望、難過

한심해요!

寒心黑呦

han.sim.he*.yo

令人寒心！

詞 彙	한심하다 [形容詞]
解 釋	寒心、不像話、讓人嘆氣

相關例句

例 정말 한심해 죽겠어요!

寵馬兒 韓心黑 住給搜呦

jo*ng.mal/han.sim.he*/juk.ge.sso*.yo

真的太寒心了！

會話

Ⓐ 너 괜찮아? 걱정했잖아.

NO 虧餐那 口宗黑渣那

no*/gwe*n.cha.na//go*k.jjo*ng.he*t.jja.na

你沒事吧？我很擔心耶！

Ⓑ 동정하지 마. 그런 동정 필요 없어.

同宗哈基 馬 可龍 同宗 匹六 喔不搜

dong.jo*ng.ha.ji//ma//geu.ro*n/dong.jo*ng/pi.ryo/o*p.sso*

不要同情我，我不需要那種同情。

Ⓐ 동정하는 거 아니야. 한심한 거야.

同宗哈能 狗 啊你呀 寒心憨 狗呀

dong.jo*ng.ha.neun/go*/a.ni.ya//han.sim.han/go*.ya

這不是同情，而是寒心。

失望、絕望、難過

다 끝났어.

他 跟那搜

da/geun.na.sso*

都結束了！

詞 彙	끝나다 [動詞]
解 釋	結束、終結、完結

相關例句

例 내 인생은 이제 끝났어.

累 銀先恩 衣賊 跟那搜

ne*/in.se*ng.eun/i.je/geun.na.sso*

我的人生現在都完了！

例 이제 모든 게 다 끝났어.

衣賊 摸登 給 他 跟那搜

i.je/mo.deun/ge/da/geun.na.sso*

現在全部都結束了。

例 아직 끝나지 않았어! 내게 한번 더 기회를 줘.

啊寄 跟那基 啊那搜 累給 憨崩 投 可衣灰
惹 左

a.jik/geun.na.ji/a.na.sso*//ne*.ge/han.bo*n/do*/gi.
hwe.reul/jjwo

還沒結束！再給我一次機會吧。

例 우린 이미 끝났어. 미안해.

武林 衣咪 跟那搜 咪安黑

u.rin/i.mi/geun.na.sso*//mi.an.he*

我們（的關係）已經結束了，對不起！

失望、絕望、難過

망했어요.

忙黑搜呦

mang.he*.sso*.yo

完蛋了

詞　彙	망하다 [動詞]
解　釋	壞、垮台、滅亡、完蛋

117

相關例句

例 작년에 아버지 사업이 망했습니다.

常妞內　阿波幾　沙喔逼　忙黑森你打

jang.nyo*.ne/a.bo*.ji/sa.o*.bi/mang.he*t.sseum.ni.da

去年父親的事業破產了。

會 話

A 영어 시험은 망했어요.

庸喔　西喝悶　忙黑搜呦

yo*ng.o*/si.ho*.meun/mang.he*.sso*.yo

英語考試完蛋了。

B 영어 학원에 다니고 있잖아요. 왜 못 봤어요?

庸喔　哈果內　他你勾　衣渣那呦　為 末 爸搜呦

yo*ng.o*/ha.gwo.ne/da.ni.go/it.jja.na.yo//we*/mot/

bwa.sso*.yo

你不是在補習英文嗎？為什麼會考不好？

A 단어를 아무리 외워도 금방 잊어버려요.

彈no惹　阿木里　圍我豆　肯幫　衣走波溜呦

da.no*.reul/a.mu.ri/we.wo.do/geum.bang/i.jo*.bo*.

ryo*.yo

單字不管怎麼背，一下就忘記了。

驚訝、驚嚇

뭐?
魔
mwo
什麼？

詞彙解釋	무어 [感嘆詞] 뭐爲무어的略語
	什麼（驚訝時所發出的聲音）

會話一

Ⓐ 나 이혼했어. 지금 혼자 살아.
那　衣烘黑搜　七根　烘渣　沙拉
na/i.hon.he*.sso*//ji.geum/hon.ja/sa.ra
我離婚了，現在自己住。

Ⓑ 뭐? 이혼? 정말이야?
魔　衣烘　寵馬里呀
mwo//i.hon//jo*ng.ma.ri.ya
什麼？離婚？真的嗎？

會話二

Ⓐ 나 사표 냈어.
那　沙匹呦　累搜
na/sa.pyo/ne*.sso*
我辭職了。

Ⓑ 뭐? 너 미쳤어?
魔　NO　咪湊搜
mwo//no*/mi.cho*.sso*
什麼？你瘋了嗎？

驚訝、驚嚇

아이고
阿衣夠
a.i.go
唉呦、哎呀！

詞彙解釋	아이고 [感嘆詞]
	唉呦、哎呀（感到辛苦、驚訝、生氣時；見到某人感到高興時；感到絕望、挫折時所發出的聲音）

相關例句

例 아이고, 준영이 또 사고쳤어?
阿衣夠 尊庸衣 豆 沙勾湊搜
a.i.go//ju.nyo*ng.i/do/sa.go.cho*.sso*
哎呀！俊英又闖禍了？

例 아이고, 고맙다. 정말 고마워!
阿衣夠 口媽不打 寵馬兒 口媽我
a.i.go//go.map.da//jo*ng.mal/go.ma.wo
哎呀！謝謝，真的謝謝你！

會話

Ⓐ 아이고, 아이고. 내 허리야!
阿衣夠 阿衣夠 累 齁里呀
a.i.go//a.i.go//ne*/ho*.ri.ya
唉呦！唉呦！我的腰！

Ⓑ 허리가 아프세요? 일단 앉으세요.
齁里嘎 阿噴誰呦 衣兒但 安資誰呦
ho*.ri.ga/a.peu.se.yo//il.dan/an.jeu.se.yo
您腰不舒服嗎？您先坐下來吧。

驚訝、驚嚇

어머!
喔摸
o*.mo*
媽呀、哎呀！

詞彙解釋 어머 [感嘆詞]
媽呀、哎呀（女性對自己意料之外的事、感到驚訝、害怕的事所發出的聲音）

相關例句

例 어머! 어머! 이게 누구야?
喔摸 喔摸 衣給 努估呀
o*.mo*//o*.mo*//i.ge/nu.gu.ya
哎呀！哎呀！這誰啊？

例 어머! 깜짝 놀랐어요.
喔摸 乾炸 NO兒拉搜呦
o*.mo*//gam.jjak/nol.la.sso*.yo
哎呀！嚇我一跳！

會話

Ⓐ 어머, 언제 왔어? 일찍 왔네.
喔摸 翁賊 哇搜 衣兒寄 哇內
o*.mo*//o*n.je/wa.sso*//il.jjik/wan.ne
哎呀！你什麼時候來的？很早來呢！

Ⓑ 조금 전에 왔어요.
醜跟 總內 哇搜呦
jo.geum/jo*.ne/wa.sso*.yo
我剛剛來的。

驚訝、驚嚇

대박이다!

貼爸個衣打

de*.ba.gi.da

太厲害了

詞　彙 解　釋	대박 [名詞] 大發、很厲害、很大、很好

※原本是只使用在取得大的成功時，近來韓國人常
　常在驚訝時，將대박當作感嘆詞使用。

相關例句

例 대박사건!

貼爸沙拱

de*.bak.ssa.go*n

頭條消息！（大發事件）

會話

Ⓐ 야! 들었어? 채영 누나가 우리 형이랑 사건대.

呀 特囉搜 疵A庸 努那嘎 五里 阿庸衣郎 沙
規參

ya//deu.ro*.sso*///che*.yo*ng/nu.na.ga/u.ri/hyo*ng.
i.rang/sa.gwin.de*

欸～你聽説了嗎？彩英姊跟我哥交往。

Ⓑ 진짜? 대박!

金渣　貼爸

jin.jja//de*.bak

真的嗎？太厲害了！

驚訝、驚嚇

> 놀랬어?
> NO兒累搜
> nol.le*.sso*
> 嚇到你啦？

詞 彙 解 釋	놀래다 [他動詞] 讓…受到驚嚇（놀래다是놀라다的使動詞）

※놀라다 [自動詞] 吃驚、驚訝

相關例句

例 많이 놀랬죠? 미안해요.

馬你 NO兒累救 咪安內呦

ma.ni/nol.le*t.jjyo//mi.an.he*.yo

嚇到你了對吧？對不起！

例 내가 티비에 나와서 많이 놀랬지?

累嘎 踢逼A 那哇搜 馬你 NO兒累擠

ne*.ga/ti.bi.e/na.wa.so*/ma.ni/nol.le*t.jji

我出現在電視機裡，讓你很驚訝吧？

會 話

Ⓐ 농담이야. 놀랬어?

農答咪呀 NO兒累搜

nong.da.mi.ya//nol.le*.sso*

開玩笑的，被我嚇到了嗎？

Ⓑ 너 진짜! 깜짝 놀랐잖아!

NO 金渣 乾炸 NO兒拉渣那

no*/jin.jja//gam.jjak/nol.lat.jja.na

你真的是！我嚇一跳耶！

驚訝、驚嚇

말도 안 돼요.

馬兒豆　安　對呦

mal.do/an/dwe*.yo

太離譜了、不像話

慣用句	말도 안 되다
解　釋	太離譜了、太扯、不像話（表示沒有實現的可能性或不符合情理）

會話一

Ⓐ 형은 선미 누나하고 결혼할 거래.

阿庸恩　松咪　努那哈勾　可呦龍哈兒　狗累

hyo*ng.eun/so*n.mi/nu.na.ha.go/gyo*l.hon.hal/go*.re*

聽說哥要跟善美姊結婚了。

Ⓑ 진짜요? 말도 안 돼요.

金渣呦　馬兒豆　安　對呦

jin.jja.yo//mal.do/an/dwe*.yo

真的嗎？太離譜了！

會話二

Ⓐ 내가 지금 남친이랑 같이 살고 있어요.

累嘎　起跟　男親你郎　卡氣　沙兒勾　衣搜呦

ne*.ga/ji.geum/nam.chi.ni.rang/ga.chi/sal.go/i.sso*.yo

我現在跟男朋友一起住。

Ⓑ 남자랑 동거라니? 말도 안 돼.

男渣郎　同狗拉你　馬兒豆　安　對

nam.ja.rang/dong.go*.ra.ni//mal.do/an/dwe*

你跟男人同居？太不像話了。

驚訝、驚嚇

큰일났어요.
科你兒拉搜呦
keu.nil.la.sso*.yo
出大事了！

詞 彙	큰일나다 [動詞]
解 釋	出大事、不得了了

相關例句

例 큰일났어요! 저 사기 당했어요.
科你兒拉搜呦 醜 沙個衣 堂黑搜呦
keu.nil.la.sso*.yo//jo*/sa.gi/dang.he*.sso*.yo
出大事了！我被騙了。

例 큰일났어! 다이아몬드 반지를 잃어버렸어.
科你兒拉搜 他衣阿盟的 盤擠蔥 衣囉播六搜
keu.nil.la.sso*//da.i.a.mon.deu/ban.ji.reul/i.ro*.bo*.ryo*.sso*
出大事了！我把鑽石戒指弄丟了。

會 話

Ⓐ 큰일났어! 나 어떡해?
科你兒拉搜 那 喔豆K
keu.nil.la.sso*//na/o*.do*.ke*
出大事了！我該怎麼辦？

Ⓑ 왜 그러는데?
為 可囉能貼
we*/geu.ro*.neun.de
你怎麼了？

約會、跟朋友見面

가자.

卡渣

ga.ja

走吧

詞 彙	가다 [動詞]
解 釋	去、前往

相關例句

例 집에 가자. 늦었다.

基杯 卡渣 呢走打

ji.be/ga.ja//neu.jo*t.da

回家吧,已經很晚了。

例 우리 빨리 가자. 시간이 없다.

烏里 爸兒里 卡渣 吸乾你 喔不打

u.ri/bal.li/ga.ja//si.ga.ni/o*p.da

我們快點走吧,沒有時間了。

會 話

Ⓐ 가자. 바래다 줄게.

卡渣 怕累打 租兒給

ga.ja//ba.re*.da/jul.ge

走吧,我送你回去。

Ⓑ 집까지 바래다 줘서 고마워요.

幾不嘎幾 怕累打 左搜 口媽我呦

jip.ga.ji/ba.re*.da/jwo.so*/go.ma.wo.yo

謝謝你送我回家。

約會、跟朋友見面

같이 가요.
卡氣 卡呦
ga.chi/ga.yo
一起去吧

詞 彙	같이 [副詞]
解 釋	一起、一塊、一同

相關例句

例 같이 갈까요?
卡氣 卡兒嘎呦
ga.chi/gal.ga.yo
要不要一起去？

例 같이 가자.
可氣 卡渣
ga.chi/ga.ja
一起去吧。

會 話

A 지금 성용 오빠를 만나러 갈 거야.
妻跟 松勇 歐爸蔥 蠻那囉 卡兒 勾呀
ji.geum/so*ng.yong/o.ba.reul/man.na.ro*/gal/go*.ya
我現在要去見聖勇哥。

B 나도 가고 싶어. 같이 가.
那豆 卡勾 西波 卡氣 卡
na.do/ga.go/si.po*//ga.chi/ga
我也想去，一起去吧。

約會、跟朋友見面

왔어?

哇搜

wa.sso*

你來了、到啦？

詞　彙	오다 [動詞]
解　釋	來、回來

會話一

A 왔어요? 늦었네요.

挖搜呦　呢宗內呦

wa.sso*.yo//neu.jo*n.ne.yo

你來啦，來晚了呢！

B 미안해요. 회사에 일이 많아서요.

咪安黑呦　灰沙Ａ　衣里　馬那搜呦

mi.an.he*.yo//hwe.sa.e/i.ri/ma.na.so*.yo

對不起，公司事情太多了。

會話二

A 저 왔어요.

醜　挖搜呦

jo*/wa.sso*.yo

我來了。

B 그래. 일단 서 있지 말고 앉아.

可累　衣兒但　搜　以基　馬兒夠　安渣

geu.re*//il.dan/so*/it.jji/mal.go/an.ja

恩，別站著先坐下來吧。

約會、跟朋友見面

> 왜 이제 와요?
> 為 衣賊 瓦呦
> we*/i.je/wa.yo
> 你怎麼現在才來？

詞　彙	이제 [副詞]
解　釋	現在、現在才、如今

會話一

🅐 왜 이제 와요? 다들 형만 기다리고 있었는데.
為 衣賊 瓦呦 他的兒 呵庸慢 可衣打里勾 衣松能貼
we*/i.je/wa.yo//da.deul/hyo*ng.man/gi.da.ri.go/i.sso*n.neun.de
你怎麼現在才來？大家都在等哥哥（你）耶。

🅑 무슨 일 생겼어?
母森 衣兒 先個又搜
mu.seun/il/se*ng.gyo*.sso*
發生什麼事了？

會話二

🅐 왜 이제 와?
為 衣賊 瓦
we*/i.je/wa
你怎麼現在才來？

🅑 늦게 와서 미안해.
呢給 瓦搜 咪安黑
neut.ge/wa.so*/mi.an.he*
抱歉我來晚了。

約會、跟朋友見面

늦었어요.
呢走搜呦
neu.jo*.sso*.yo
晚了、遲到了

詞 彙	늦다 [形容詞]
解 釋	遲、晚

相關例句

例 일이 생겨 좀 늦었어요.
衣里 誰個呦 綜 呢走搜呦
i.ri/se*ng.gyo*/jom/neu.jo*.sso*.yo
因為有事情，所以來晚了。

例 오늘 학교에 지각했어요.
歐呢 哈個又A 七卡K搜呦
o.neul/hak.gyo.e/ji.ga.ke*.sso*.yo
我今天上學遲到了。

會 話

Ⓐ 죄송합니다. 많이 늦었어요.
催松憨你打 馬你 呢走搜呦
jwe.song.ham.ni.da//ma.ni/neu.jo*.sso*.yo
對不起，我來晚了。

Ⓑ 내일 일찍 와. 또 늦지 말고.
累衣兒 衣兒寄 哇 豆 呢基 馬兒勾
ne*.il/il.jjik/wa//do/neut.jji/mal.go
明天早點來，不要又遲到了。

約會、跟朋友見面

많이 기다렸어요?
馬你　可衣打六搜呦
ma.ni/gi.da.ryo*.sso*.yo
你等很久了嗎？

詞　彙	기다리다　[動詞]
解　釋	等待、等候

會話一

Ⓐ 많이 기다렸어요?
　 馬你　可衣打六搜呦
　 ma.ni/gi.da.ryo*.sso*.yo
　 你等很久了嗎？

Ⓑ 아니에요. 지금 막 도착했어요.
　 阿你耶呦　七跟　馬　投擦K搜呦
　 a.ni.e.yo//ji.geum/mak/do.cha.ke*.sso*.yo
　 沒有，我剛剛才到。

會話二

Ⓐ 죄송해요. 오래 기다리셨죠?
　 催松黑呦　歐累　可衣打里休救
　 jwe.song.he*.yo//o.re*/gi.da.ri.syo*t.jjyo
　 對不起，您等很久了吧？

Ⓑ 아니야. 괜찮아. 가자.
　 阿你呀　虧參那　卡渣
　 a.ni.ya//gwe*n.cha.na//ga.ja
　 不會，沒關係，我們走吧。

約會、跟朋友見面

소개팅
瘦给聽
so.ge*.ting
（經人介紹的）相親

詞 彙 解 釋	소개팅 [名詞]
	相親、一對一聯誼（由別人安排的一對一會面，通常以交往為目的）

相關例句

例 소개팅 좀 시켜 주세요.
嗽给聽 宗 西可又 組誰呦
so.ge*.ting/jom/si.kyo*/ju.se.yo
請幫我安排個相親吧。

會 話

A 언니, 어제 소개팅 했다며! 어땠어요?
翁你 喔賊 嗽给聽 黑打謬 喔爹搜呦
o*n.ni//o*.je/so.ge*.ting/he*t.da.myo*//o*.de*.sso*.yo
姊，聽説你去相親，怎麼樣？

B 괜찮은 것 같아. 키도 크고 직장도 좋고.
虧餐能 狗 嘎踏 可衣豆 科夠 寄葬豆 醜扣
gwe*n.cha.neun/go*t/ga.ta//ki.do/keu.go/jik.jjang.do/jo.ko
感覺不錯，身高又高，工作也不錯。

A 그래요? 그럼 만나 봐요.
可累呦 可攏 蠻那 爸呦
geu.re*.yo//geu.ro*m/man.na/bwa.yo
是嗎？那就交往看看囉！

約會、跟朋友見面

우리 만나요.
五里　滿那呦
u.ri/man.na.yo
我們見面吧

詞　彙	만나다 [動詞]
解　釋	見面、相遇、碰到

相關例句

例 우리 만나자. 보고 싶다.
五里　慢那渣　播勾　西不打
u.ri/man.na.ja//bo.go/sip.da
我們見面吧，我想你了。

例 우리 이제 만나지 말자.
五里　衣賊　蠻那基　馬兒渣
u.ri/i.je/man.na.ji/mal.jja
我們以後別見面了。

會 話

Ⓐ 우리 명동역 6번 출구에서 만나요.
五里　謬恩東又　U踫　粗兒古A搜　蠻那呦
u.ri/myo*ng.dong.yo*k/yuk.bo*n/chul.gu.e.so*/
man.na.yo
我們在明洞站6號出口見吧。

Ⓑ 그래요. 오후 2시에 봐요.
可累呦　歐互　吐　西A　怕呦
geu.re*.yo//o.hu/du/si.e/bwa.yo
好，下午兩點見。

約會、跟朋友見面

출발합시다!

粗兒爸辣不系打

chul.bal.hap.ssi.da

出發！

詞 彙	출발하다 [動詞]
解 釋	出發、動身、啟程

相關例句

例 자, 모두들, 얼른 출발합시다.

插 摸肚的 歐兒冷 粗兒爸辣不系打

ja//mo.du.deul//o*l.leun/chul.bal.hap.ssi.da

來，大家趕快出發吧。

例 더 이상 기다리지 말고 출발합시다.

投 衣商 可衣打里基 馬兒勾 粗兒爸辣不系打

do*/i.sang/gi.da.ri.ji/mal.go/chul.bal.hap.ssi.da

不要再等了，我們出發吧。

會 話

Ⓐ 이제 출발할 시간이에요.

衣賊 粗兒爸拉兒 吸乾你耶呦

i.je/chul.bal.hal/ssi.ga.ni.e.yo

現在該出發了。

Ⓑ 오케이, 출발합시다!

歐K衣 粗兒爸辣不系打

o.ke.i//chul.bal.hap.ssi.da

OK，我們出發吧。

感受、主觀判斷

이상해.
衣傷嘿
i.sang.he*
很奇怪！

詞 彙	이상하다 [形容詞]
解 釋	異常、奇怪、不正常

會話一

Ⓐ 아들, 나 헤어스타일 바꼈어. 어때?
啊的兒 那 嘿喔思踏衣兒 怕果搜 喔貼
a.deul//na/he.o*.seu.ta.il/ba.gwo.sso*//o*.de*
兒子，我換髮型了，怎麼樣？

Ⓑ 이상해요. 안 예뻐요.
衣傷嘿呦 安 耶播呦
i.sang.he*.yo//an/ye.bo*.yo
很奇怪，不好看。

會話二

Ⓐ 오빠, 나 오늘 어때? 이상해?
歐爸 那 歐呢 喔爹 衣傷嘿
o.ba//na/o.neul/o*.de*//i.sang.he*
哥，我今天看起來怎麼樣？很怪嗎？

Ⓑ 예뻐, 오늘 너무 예뻐.
耶播 歐呢 樓木 耶播
ye.bo*//o.neul/no*.mu/ye.bo*.
很美，今天很漂亮。

感受、主觀判斷

무서워요.
母搜我呦
mu.so*.wo.yo
好可怕！

| 詞　彙 | 무섭다 [形容詞] |
| 解　釋 | 可怕、害怕 |

相關例句

例 네가 떠날까 봐 너무 무서워요.
　 內嘎　豆那兒嘎爸　NO木　母搜我呦
　 ne.ga/do*.nal.ga.bwa/no*.mu/mu.so*.wo.yo
　 我很怕你會離開。

例 하나도 안 무서워요.
　 哈那豆　安　母搜我呦
　 ha.na.do/an/mu.so*.wo.yo
　 我一點也不怕。

會　話

Ⓐ 빨리 와. 나 혼자 무서워.
　 爸兒里　哇　那　烘渣　母搜我
　 bal.li/wa//na/hon.ja/mu.so*.wo
　 快點來，我一個人會害怕。

Ⓑ 뭐가 그렇게 무서운데?
　 魔嘎　可囉K　母搜吻爹
　 mwo.ga/geu.ro*.ke/mu.so*.un.de
　 有什麼好怕的？

1.
韓劇經典台詞篇

❶
❸
❺

感受、主觀判斷

> 멋있어요.
> 撲西搜呦
> mo*.si.sso*.yo
> 帥、好看

詞　彙	멋있다 [形容詞]
解　釋	帥、好看

相關例句

例 오빠 웃는 모습이 참 멋있어요.
歐爸 文能 撲思逼 餐 撲西搜呦
o.ba.un.neun/mo.seu.bi/cham/mo*.si.sso*.yo
哥哥（你）笑得模樣真帥。

例 잘난 척 그만해. 하나도 안 멋있어.
插兒郎 湊 可慢黑 哈那豆 安 撲西搜
jal.lan/cho*k/geu.man.he*//ha.na.do/an/mo*.si.sso*
別再自以為是了，一點都不帥。

會 話

Ⓐ 어때? 나 이렇게 입으니까 멋있지?
喔爹 那 衣囉K 衣奔你嘎 撲西基
o*.de*//na/i.ro*.ke/i.beu.ni.ga/mo*.sit.jji
怎麼樣？我穿這樣很帥吧？

Ⓑ 멋있죠. 오빠는 뭘 입어도 멋있잖아요.
撲西敎 歐爸能 撲兒 衣波豆 咪西渣那呦
mo*.sit.jjyo//o.ba.neun/mwol/i.bo*.do/mo*.sit.jja.
na.yo
帥囉！哥哥（你）穿什麼都帥嘛！

❶
❸
❻

感受、主觀判斷

귀여워요.

虧呦我呦

gwi.yo*.wo.yo

可愛

詞 彙	귀엽다 [形容詞]
解 釋	可愛、討人喜歡

相關例句

例 할머니가 너무 귀여우세요.

哈兒撲你嘎　NO母　虧呦烏誰呦

hal.mo*.ni.ga/no*.mu/gwi.yo*.u.se.yo

奶奶太可愛了!

例 강아지가 너무 귀여워요.

康阿幾嘎　NO母　虧呦我呦

gang.a.ji.ga/no*.mu/gwi.yo*.wo.yo

小狗很可愛。

會 話

A 장갑 귀여워! 어디서 샀어?

常嘎不　虧呦我　喔低搜　沙搜

jang.gap/gwi.yo*.wo//o*.di.so*/sa.sso*

你的手套好可愛喔!在哪裡買的?

B 엄마가 주신 거야.

翁馬嘎　租心　狗呀

o*m.ma.ga/ju.sin/go*.ya

是我媽送我的。

• track 060

感受、主觀判斷

마음에 들어요.
馬恩妹　特囉呦
ma.eu.me/deu.ro*.yo
滿意、喜歡

慣用句	마음에 들다
解　釋	中意、喜歡、看中

會話一

Ⓐ 이 선물은 어때? 마음에 들어?
衣　松母冷　喔爹　馬恩妹　特囉
i/so*n.mu.reun/o*.de*//ma.eu.me/deu.ro*
這個禮物怎麼樣？喜歡嗎？

Ⓑ 완전 좋아요. 고마워요.
玩總　醜啊呦　口馬我呦
wan.jo*n/jo.a.yo//go.ma.wo.yo
超喜歡，謝謝。

會話二

Ⓐ 이 중에 마음에 드는 거 하나 골라 봐요.
衣　尊Ａ　馬恩妹　特能　狗　哈那　口兒拉　爸呦
i/jung.e/ma.eu.me/deu.neun/go*/ha.na/gol.la/bwa.yo
從裡面挑一個你喜歡的吧。

Ⓑ 다 마음에 들어서 뭘 골라야 할지 모르겠어요.
他　馬恩妹　特囉搜　摸兒　口兒拉呀　哈兒基　摸
了給搜呦
da/ma.eu.me/deu.ro*.so*/mwol/gol.la.ya/hal.jji/mo.
reu.ge.sso*.yo
都很喜歡，我不知道該怎麼挑。

感受、主觀判斷

심심해 죽겠어요.

心心黑　住給搜呦

sim.sim.he*/juk.ge.sso*.yo

無聊死了

詞　彙	심심하다 [形容詞]
解　釋	無聊、悶

相關例句

例 어제는 심심해서 집에서 청소했다.

喔賊能　心心黑搜　基杯搜　蔥嗷黑打

o*.je.neun/sim.sim.he*.so*/ji.be.so*/cho*ng.so.he*t.da

昨天無聊，把家裡打掃了一番。

例 남편이 집에서 혼자 심심하겠어요.

男匹呦你　基杯搜　烘渣　心心哈給搜呦

nam.pyo*.ni/ji.be.so*/hon.ja/sim.sim.ha.ge.sso*.yo

老公一個人在家應該很無聊吧。

會　話

A 심심할 때는 뭐 하세요?

心心哈兒　爹能　魔　哈誰呦

sim.sim.hal/de*.neun/mwo/ha.se.yo

你無聊的時候會做什麼？

B 동생하고 게임을 해요.

同先哈夠　給衣悶　黑呦

dong.se*ng.ha.go/ge.i.meul/he*.yo

跟弟弟一起玩遊戲。

感受、主觀判斷

지루해요.

七魯黑呦

ji.ru.he*.yo

真無聊

詞 彙	지루하다 [形容詞]
解 釋	無聊、漫長、沒意思

相關例句

例 이 책은 지루해요.

衣 疵A跟 七魯黑呦

i/che*.geun/ji.ru.he*.yo

這本書很枯燥乏味。

例 뭐 재미있는 거 없어요?

摸 賊咪影能 狗 喔不搜呦

mwo/je*.mi.in.neun/go*/o*p.sso*.yo

沒有什麼好玩的事嗎？

會 話

A 너무 지루해. 잠이 와.

NO木 七魯黑 蟬咪 挖

no*.mu/ji.ru.he*//ja.mi/wa

好無聊，想睡覺了。

B 그럼 포커 게임하는 게 어때?

可龍 破扣 給影哈能 給 喔爹

geu.ro*m/po.ko*/ge.im.ha.neun/ge/o*.de*

那我們玩撲克牌好嗎？

感受、主觀判斷

미워요.

米我呦

mi.wo.yo

討厭

詞　彙	밉다 [形容詞]
解　釋	討厭、可惡、醜

會話

Ⓐ 아빠, 내일 놀이동산 가자.

阿爸　內衣兒　NO里東山　卡渣

a.ba//ne*.il/no.ri.dong.san/ga.ja

爸，明天我們去遊樂園玩吧。

Ⓑ 내일은 아빠가 일이 있어서 안 돼.

內衣冷　阿爸嘎　衣里　衣搜搜　安　對

ne*.i.reun/a.ba.ga/i.ri/i.sso*.so*/an/dwe*

明天爸爸有事情不能帶你去。

Ⓑ 다음에 꼭 같이 가 줄게.

他嗯妹　夠　嘎氣　卡　租兒　給

da.eu.me/gok/ga.chi/ga/jul.ge

下次一定一起去。

Ⓐ 싫어! 아빠가 미워.

西囉　阿爸嘎　米我

si.ro*//a.ba.ga/mi.wo

不要，我討厭爸爸！

感受、主觀判斷

별로예요.

匹唷兒漏耶呦

byo*l.lo.ye.yo

普通、一般

詞 彙	별로 [副詞]
解 釋	不怎麼、不特別、不很

會話一

A 어때요? 맛있어요?

喔爹呦　馬西搜呦

o*.de*.yo//ma.si.sso*.yo

怎麼樣？好吃嗎？

B 별로예요.

匹唷兒漏耶呦

byo*l.lo.ye.yo

普通。

會話二

A 너 미팅 했다며? 어땠어?

NO　咪聽　黑打謬　喔爹搜

no*/mi.ting/he*t.da.myo*//o*.de*.sso*

聽說你去聯誼了，怎麼樣？

B 말도 마! 정말 별로였어.

馬兒豆　馬　寵馬兒　匹唷兒漏唷搜

mal.do/ma//jo*ng.mal/byo*l.lo.yo*.sso*

別提了，真的不怎麼樣。

感受、主觀判斷

그저 그래요.
可走 可累呦
geu.jo*/geu.re*.yo
一般、普通

詞　彙	그저 [副詞]
解　釋	只是、還是…不變、沒有特別地

會話一

Ⓐ 요즘 어떻게 지내요?
呦贈 喔豆K 七內呦
yo.jeum/o*.do*.ke/ji.ne*.yo
你最近過得怎麼樣？

Ⓑ 그저 그래요.
可走 可累呦
geu.jo*/geu.re*.yo
一般囉！

會話二

Ⓐ 회사 식당 음식이 어때요?
灰沙 系當 恩西個衣 喔爹呦
hwe.sa/sik.dang/eum.si.gi/o*.de*.yo
員工餐廳的飯好吃嗎？

Ⓑ 그저 그래요. 근데 싸요.
可走 可累呦 肯爹 沙呦
geu.jo*/geu.re*.yo//geun.de/ssa.yo
普通，但是很便宜。

感受、主觀判斷

정말 죽여요.

寵馬兒　處個又呦

jo*ng.mal/jju.gyo*.yo

很正點、超讚

流行語	죽이다
解　釋	很棒、厲害、正點（表示某一程度到達了極點，一般都指好的方面）

※죽이다與「짱이다（棒極了）」同義

相關例句

例　저길 봐! 저 여자 몸매는 정말 죽인다.

醜個衣兒　怕　醜　呦渣　盟妹能　寵馬兒　處個銀打

jo*.gil/bwa//jo*/yo*.ja/mom.me*.neun/jo*ng.mal/jju.gin.da

你看那裡！那個女生的身材超正點！

會話

Ⓐ 어때? 죽이지?

喔爹　處個衣幾

de*//ju.gi.ji

怎麼樣？很棒吧？

Ⓑ 맛있네. 네가 진짜 요리할 줄 아는구나.

馬新內　你嘎　金渣　呦里哈兒　租兒　阿能古那

ma.sin.ne//ni.ga/jin.jja/yo.ri.hal/jjul/a.neun.gu.na

很好吃耶！你真的會做菜呢！

● 感受、主觀判斷

진짜 웃겨요.
金渣　五個唷呦
jin.jja/ut.gyo*.yo
真的很好笑

詞　彙	웃기다 [動詞]
解　釋	使人發笑、搞笑、可笑

相關例句

例 하나도 안 웃겨요.
哈那豆　安　五個唷呦
ha.na.do/an/ut.gyo*.yo
一點也不好笑。

例 웃기지 마요.
五個衣基　馬呦
ut.gi.ji/ma.yo
你別搞笑。

會 話

A 네 표정 진짜 웃긴다.
你　匹呦宗　金渣　五個銀打
ni/pyo.jo*ng/jin.jja/ut.gin.da
你的表情真的很好笑。

B 야, 너 웃지 마.
呀　NO　五基　馬
ya//no*/ut.jji/ma
欸～你不准笑。

感受、主觀判斷

똑같아요.

豆嘎踏呦

dok.ga.ta.yo

完全一模一樣

詞　彙	똑같다 [形容詞]
解　釋	完全一樣、一模一樣

相關例句

例 완전 똑같아요.

玩總　豆嘎踏呦

wan.jo*n/dok.ga.ta.yo

完全一模一樣。

例 남자는 다 똑같아요.

男炸能　他　豆嘎踏呦

nam.ja.neun/da/dok.ga.ta.yo

男人都一樣。

會　話

A 실험은 어떻게 됐어요?

西兒哄問　喔豆K　腿搜呦

sil.ho*.meun/o*.do*.ke/dwe*.sso*.yo

實驗怎麼樣了？

B 이번에도 똑같은 결과가 나왔어요.

衣崩內豆　豆嘎疼　可呦兒瓜嘎　那哇搜呦

i.bo*.ne.do/dok.ga.teun/gyo*l.gwa.ga/na.wa.sso*.yo

這次又是一模一樣的結果。

搭話、詢問

저기요.
醜個衣呦
jo*.gi.yo
那個、打擾一下

慣用句	저기요
解 釋	那個、喂、打擾一下請問（跟別人搭話時或呼喚服務員時使用）

相關例句

例 저기요. 혹시 이 학교 학생이세요?
醜個衣呦　後系　衣　哈個呦　哈先衣誰呦
jo*.gi.yo//hok.ssi/i/hak.gyo/hak.sse*ng.i.se.yo
打擾一下，請問您是這所學校的學生嗎？

例 저기요. 여기 메뉴판 좀 주세요.
醜個衣呦　呦個衣　妹呢U盤　綜　組誰呦
jo*.gi.yo//yo*.gi/me.nyu.pan/jom/ju.se.yo
服務生，請給我菜單。

會 話

Ⓐ 저기요. 여기 주차금지입니다. 차 빼세요.
醜個衣呦　呦個衣　組擦根基影你打　擦　背誰呦
jo*.gi.yo//yo*.gi/ju.cha.geum.ji.im.ni.da//cha/be*.
se.yo
那個…這裡禁止停車，請把車開走。

Ⓑ 아, 죄송합니다.
啊　崔松憨你打
a//jwe.song.ham.ni.da
啊～對不起。

搭話、詢問

나랑 얘기 좀 하자.
那郎　耶個衣　綜　哈渣
na.rang/ye*.gi/jom/ha.ja
跟我聊聊吧！

詞　彙	얘기하다 [動詞]
解　釋	説、講、聊天

相關例句

例 잠깐 나 좀 보자.
蟬乾　那　綜　波渣
jam.gan/na/jom/bo.ja
跟我來一下。

會　話

Ⓐ 바빠요? 저 지금 할 말이 있는데.
怕爸呦　醜　妻跟　哈兒　馬里　影能貼
ba.ba.yo//jo*/ji.geum/hal.ma.ri/in.neun.de
你忙嗎？我有話要説。

Ⓑ 난 지금 회의에 들어가야 돼.
男　妻跟　灰衣A　特囉卡呀　對
nan/ji.geum/hwe.i.e/deu.ro*.ga.ya/dwe*
我現在必須去開會。

Ⓑ 중요한 얘기면 이따 해.
尊呦憨　耶個衣謬　衣大　黑
jung.yo.han/ye*.gi.myo*n/i.da/he*
如果是重要的事，待會再説。

搭話、詢問

웬일이에요?
委衣里耶呦
we.ni.ri.e.yo
怎麼回事、怎麼了？

詞 彙 解 釋	웬일 [名詞] 怎麼回事、怎麼啦？

會話一

Ⓐ 과장님, 좋은 아침입니다.
誇髒您　醜恩　啊七敏你打
gwa.jang.nim//jo.eun/a.chi.mim.ni.da
課長，早安！

Ⓑ 어! 웬일이에요? 주말에도 출근하나요?
喔　委衣里耶呦　租馬累豆　粗兒跟哈那呦
o*///we.ni.ri.e.yo//ju.ma.re.do/chul.geun.ha.na.yo
怎麼回事？你周末也要上班嗎？

會話二

Ⓐ 너 웬일이니? 오늘 지각도 안 하고.
NO　委衣里你　歐呢　七嘎豆　安　哈夠
no*///we.ni.ri.ni//o.neul/jji.gak.do/an/ha.go
你怎麼了？今天居然沒遲到。

Ⓑ 내가 버스정류장에 도착하자마자 마침 버스
가 왔어.
累嘎　播思寵了U髒A　投擦卡渣馬渣　馬沁　播思
嘎　挖搜
ne*.ga/bo*.seu.jo*ng.nyu.jang.e/do.cha.ka.ja.ma.ja/
ma.chim/bo*.seu.ga/wa.sso*
我一到公車站，剛好公車就來了。

搭話、詢問

누구세요?
努估誰呦
nu.gu.se.yo
您是哪位？

詞 彙	누구 [代名詞]
解 釋	誰、哪位、什麼人

會話一

🅐 그분이 누구세요?
可不你　努估誰呦
geu.bu.ni/nu.gu.se.yo
那位是誰？

🅑 우리 선생님이세요.
五里　松先你咪誰呦
u.ri/so*n.se*ng.ni.mi.se.yo
是我們老師。

會話二

🅐 누구세요?
努估誰呦
nu.gu.se.yo
您是哪位？

🅑 저는 대만 회사의 장숙영입니다.
醜能　貼慢　灰沙A　常速永影你打
jo*.neun/de*.man/hwe.sa.e/jang.su.gyo*ng.im.ni.da
我是台灣公司的張淑英。

搭話、詢問

너 뭐해?
NO 魔黑
no*/mwo.he*
你在做什麼？

詞 彙	뭐 [代名詞]
解 釋	什麼（뭐為무엇的略語）

相關例句

例 너 여기서 뭐해?
NO 呦個衣搜 魔黑
no*/yo*.gi.so*/mwo.he*
你在這裡做什麼？

例 지금 뭐하세요?
妻跟 魔哈誰呦
ji.geum/mwo.ha.se.yo
您現在在做什麼？

會 話

A 너 뭐해?
NO 魔黑
no*/mwo.he*
你在幹嘛？

B 집 청소하려고. 한가하면 도와 줘.
基不 蔥嗽哈六勾 憨嘎哈謬 投哇 左
jip/cho*ng.so.ha.ryo*.go//han.ga.ha.myo*n/do.wa/
jwo
我要打掃房子，你有空就幫忙我。

搭話、詢問

> 왜요?
> 圍呦
> we*.yo
> 為什麼？

詞　彙	왜 [副詞]
解　釋	為什麼、為何

會 話

A 미안해요. 오늘 같이 밥 못 먹어요.
咪安內呦 歐呢 卡器 盤 盟摸狗呦
mi.an.he*.yo//o.neul/ga.chi/bam/mon/mo*.go*.yo
對不起，今天沒辦法一起吃飯了。

B 왜요? 밥 사 주고 싶은데.
圍呦 怕不 沙 租溝 西噴爹
we*.yo//bap/sa/ju.go/si.peun.de
為什麼？我想請你吃飯耶！

A 일을 끝내고 나서 병원에 좀 들러 봐야겠어요.
衣惹 跟內溝 那搜 匹呦我內 綜 特囉 怕呀
給蔻呦
i.reul/geun.ne*.go/na.so*/byo*ng.wo.ne/jom/deul.
lo*/bwa.ya.ge.sso*.yo
工作結束後，我得去一趟醫院。

A 우리 할머니가 어제 입원하셨거든요.
烏里 哈兒摸你嘎 喔賊 衣播那休勾等妞
u.ri/hal.mo*.ni.ga/o*.je/i.bwon.ha.syo*t.go*.deu.
nyo
我奶奶昨天住院了。

搭話、詢問

왜 그래요?
為 可累呦
we*/geu.re*.yo
你幹嘛這樣？

詞彙解釋	그렇다 [形容詞] 那樣

會話一

Ⓐ 대체 왜 그래요?
貼賊 為 可累呦
de*.che/we*/geu.re*.yo
你到底為什麼這樣？

Ⓑ 내가 뭘?
累嘎 撲兒
ne*.ga/mwol
我怎麼了？

會話二

Ⓐ 우리 결혼을 미루자.
五里 可呦龍呢 米魯渣
u.ri/gyo*l.ho.neul/mi.ru.ja
我們把結婚往後延吧！

Ⓑ 왜? 왜 그래?
為 為 可累
we*//we*/geu.ra
為什麼？為什麼要那樣？

搭話、詢問

어때요?
喔爹呦
o*.de*.yo
如何、怎麼樣？

詞彙	어떻다 [形容詞]
解釋	怎麼樣、如何

會話一

Ⓐ 서울은 어때요?
搜烏冷　喔爹呦
so*.u.reun/o*.de*.yo
首爾怎麼樣？

Ⓑ 복잡하지만 구경거리가 많아서 좋아요.
破炸怕基慢　苦個庸溝里嘎　馬那搜　醜啊呦
bok.jja.pa.ji.man/gu.gyo*ng.go*.ri.ga/ma.na.so*/jo.a.yo
雖然（人多）很複雜，但有蠻多東西可以逛，還不錯。

會話二

Ⓐ 뭐 먹을까요?
魔　摸哥兒嘎呦
mwo/mo*.geul.ga.yo
我們要吃什麼？

Ⓑ 부대찌개가 어때요?
撲貼雞給嘎　喔鐵呦
bu.de*.jji.ge*.ga/o*.de*.yo
部隊鍋怎麼樣？

● 搭話、詢問

아세요?

阿誰呦

a.se.yo

您知道嗎?

詞 彙	알다 [動詞]
解 釋	知道、了解、明白、懂、認識

[相關例句]

例 과장님 전화번호가 몇 번인지 아세요?

誇髒濘 蟲花崩夠嘎 謬 崩您基 阿誰呦

gwa.jang.nim/jo*n.hwa.bo*n.ho.ga/myo*t/bo*.nin.

ji/a.se.yo

您知道課長的電話號碼嗎?

[會 話]

Ⓐ 너 김하영 맞지?

NO 可銀哈勇 馬幾

no*/gim.ha.yo*ng/mat.jji

你是金夏永對吧?

Ⓑ 저를 아세요?

醜惹 阿誰呦

jo*.reul/a.se.yo

您認識我嗎?

Ⓐ 알지. 나야. 박현빈. 고등학교 동창.

阿兒幾 那呀 怕呵庸賓 扣登哈個又 同倉

al.jji//na.ya//ba.kyo*n.bin//go.deung.hak.gyo/dong.

chang

認識啊,是我!朴玄彬,高中同學。

拒絕他人

싫어.
西囉
si.ro*
討厭、不要！

詞 彙	싫다 [形容詞]
解 釋	討厭、不喜歡、不要

會話一

Ⓐ 뭐 먹고 싶어? 짜장면 어때?
魔 摸購 西波 渣髒謬恩 喔爹
mwo/mo*k.go/si.po*//jja.jang.myo*n/o*.de*
你想吃什麼？炸醬麵怎麼樣？

Ⓑ 싫어요. 난 짜장면이 싫어요.
西囉呦 男 渣髒謬你 西囉呦
si.ro*.yo//nan/jja.jang.myo*.ni/si.ro*.yo
不要，我不喜歡吃炸醬麵。

會話二

Ⓐ 열이 많이 나네. 안 되겠다. 병원에 가자.
呦里 馬你 那內 安 對給打 匹永我內 卡渣
yo*.ri/ma.ni/na.ne//an/dwe.get.da//byo*ng.wo.ne/
ga.ja
你發高燒呢！不行，我們去醫院吧。

Ⓑ 싫어. 안 가. 나 병원 무서워.
西囉 安 卡 那 匹永我恩 母搜我
si.ro*//an/ga/na/byo*ng.won/mu.so*.wo
不要，我不去，我怕看醫生。

拒絕他人

안 돼요!
安　對呦
an/dwe*.yo
不行！

慣用句	안 되다
解　釋	不行、不可以

會話一

Ⓐ 제발 부탁이야. 이번만 도와 줘.
　　賊爸兒　撲踏個衣呀　衣崩蠻　投哇　左
　　je.bal/bu.ta.gi.ya//i.bo*n.man/do.wa/jwo
　　拜託你了，幫我這次就好。

Ⓑ 안 돼요. 그럴 수 없어요.
　　安　對呦　可囉兒　酥　喔不搜呦
　　an/dwe*.yo//geu.ro*l/su/o*p.sso*.yo
　　不行，我不能那樣。

會話二

Ⓐ 형 차를 하루만 빌려 줘도 돼요?
　　喝庸　擦惹　哈魯曼　匹兒六　左豆　腿呦
　　hyo*ng/cha.reul/ha.ru.man/bil.lyo*/jwo.do/dwe*.yo
　　哥哥（你）的車可以借我一天嗎？

Ⓑ 안 돼! 절대로 안 돼!
　　安　對　醜兒爹漏　安　對
　　an/dwe*//jo*l.de*.ro/an/dwe*
　　不行，絕對不行。

拒絕他人

시간이 없어요.
西乾你　喔不搜呦
si.ga.ni/o*p.sso*.yo
我沒時間

詞　彙	시간 [名詞]
解　釋	時間

會話一

Ⓐ 같이 영화 보러 가요.
卡氣　永花　播囉　嘎呦
ga.chi/yo*ng.hwa/bo.ro*/ga.yo
我們一起去看電影吧。

Ⓑ 미안해요. 시간이 없어요.
咪安內呦　西乾你　喔不搜呦
mi.an.he*.yo//si.ga.ni/o*p.sso*.yo
對不起，我沒有時間。

會話二

Ⓐ 왜 집에서 요리하지 않아요?
為　基貝搜　呦里哈基　安那呦
we*/ji.be.so*/yo.ri.ha.ji/a.na.yo
你為什麼不在家裡煮飯？

Ⓑ 시간이 없어서요.
西乾你　喔不搜搜呦
si.ga.ni/o*p.sso*.so*.yo
因為沒有時間。

拒絕他人

나중에.
那尊A
na.jung.e
以後吧！

慣用句	나중에
解 釋	以後吧、改天吧、之後再説（對於他人的邀約當下無法接受時，可以使用나중에來委婉地拒絕）

會話一

Ⓐ 나랑 애기 좀 해.
那郎 耶個衣 綜 黑
na.rang/ye*.gi/jom/he*
跟我聊聊吧。

Ⓑ 나중에. 나중에 애기하자.
那尊A 那尊A 耶個衣哈渣
na.jung.e//na.jung.e/ye*.gi.ha.ja
以後吧，以後再聊！

會話二

Ⓐ 우리 노래방 가자.
五里 NO累綁 卡渣
u.ri/no.re*.bang/ga.ja
我們去唱歌吧。

Ⓑ 숙제가 많아서 못 가. 나중에 가자.
酥賊嘎 馬那搜 末 尬 那尊A 卡渣
suk.jje.ga/ma.na.so*/mot/ga//na.jung.e/ga.ja
我作業很多不能去，以後再去吧。

• track 071

拒絕他人

안 가요.
安　嘎呦
an/ga.yo
我不去

詞　彙	안 [副詞]
解　釋	不（使用在否定句中）

會話一

Ⓐ 오늘 회사에 안 가세요?
歐呢　灰沙A　安　嘎誰呦
o.neul/hwe.sa.e/an/ga.se.yo
您今天不去上班嗎？

Ⓑ 안 가. 하루 휴가 받았어.
安　嘎　哈魯　呵U嘎　怕大搜
an/ga//ha.ru/hyu.ga/ba.da.sso*
不去，我請了一天假。

會話二

Ⓐ 너 학원 안 가? 벌써 7시 넘었어.
NO　哈果恩　安　嘎　波兒嗽　衣兒夠系　樓摸搜
no*/ha.gwon/an/ga/bo*l.sso*/il.gop/si/no*.mo*.
sso*
你不去補習嗎？已經七點多了。

Ⓑ 오늘 휴강이야.
歐呢　呵U剛衣呀
o.neul/hyu.gang.i.ya
今天停課。

拒絕他人

괜찮아요.

虧參那呦

gwe*n.cha.na.yo

沒關係、不用了

詞 彙	괜찮다 [形容詞]
解 釋	沒關係、可以、不用

1 6 1

會話一

Ⓐ 배 안 고파? 저녁 사 줄까?

陪 安 勾怕 醜妞 沙 租兒嘎

be*/an/go.pa//jo*.nyo*k/sa/jul.ga

你肚子不餓嗎？要我買晚餐給你吃嗎？

Ⓑ 괜찮아. 방금 떡볶이를 먹었어요.

虧參那 旁跟 豆播個易惹 摸狗搜呦

gwe*n.cha.na//bang.geum/do*k.bo.gi.reul/mo*.go*.sso*.yo

不用了，我剛吃過辣炒年糕了。

會話二

Ⓐ 커피 한잔 드시고 가세요.

扣匹 憨髒 特西勾 卡誰呦

ko*.pi/han.jan/deu.si.go/ga.se.yo

您喝一杯咖啡再走吧。

Ⓑ 괜찮아요. 전 빨리 회사로 돌아가야 돼요.

虧參那呦 寵 爸兒里 灰沙漏 投拉嘎呀 對呦

gwe*n.cha.na.yo//jo*n/bal.li/hwe.sa.ro/do.ra.ga.ya/dwe*.yo

不用了，我必須快點回公司。

拒絕他人

됐어.
腿搜
dwe*.sso*
不用了、算了

詞 彙	되다 [動詞]
解 釋	好、可以、成

會話一

Ⓐ 내가 도와 줄게.
累嘎 投哇 租兒給
ne*.ga/do.wa/jul.ge
我幫你。

Ⓑ 됐어. 혼자 할 수 있어.
腿搜 烘渣 哈兒 酥 衣搜
dwe*.sso*//hon.ja/hal/ssu/i.sso*
不用了,我可以自己來。

會話二

Ⓐ 미안해. 오빠가 맛있는 것 사 줄까?
咪安內 歐爸嘎 馬新能 狗 沙 租兒嘎
mi.an.he*//o.ba.ga/ma.sin.neun/go*t/sa/jul.ga
對不起,哥哥(我)請你吃好吃的,好嗎?

Ⓑ 됐어. 지금은 먹고 싶지 않아.
腿搜 妻跟悶 末購 西不基 啊那
dwe*.sso*//ji.geu.meun/mo*k.go/sip.jji/a.na
算了,現在我不想吃。

1. 韓劇經典台詞篇

① ⑥ ③

回應他人

알았어요.

阿拉搜呦

a.ra.sso*.yo.

我知道了

詞 彙	알다 [動詞]
解 釋	知道、懂、了解

※「알았어요」和「알겠어요」的意思都是「我知道了、我明白了」，差別在後者比前者更有禮貌。

會話一

Ⓐ 이번 주말에 무슨 일이 있어도 집에 꼭 와.
衣崩 租馬累 母森 衣里 衣搜豆 幾杯 夠 哇
i.bo*n/ju.ma.re/mu.seun/i.ri/i.sso*.do/ji.be/gok/wa
這個周末不管怎樣你一定要回家一趟。

Ⓑ 알았어요. 엄마.
阿拉搜呦 翁嗎
a.ra.sso*.yo//o*m.ma
知道了，媽。

會話二

Ⓐ 앞으로 나한테 거짓말 하지 마. 알았어?
阿濆漏 那慇貼 口金馬兒 哈基馬 阿拉搜
a.peu.ro/na.han.te/go*.jin.mal/ha.ji/ma//a.ra.sso*
以後別對我說謊，知道嗎？

Ⓑ 알았어요. 잘못했어요.
阿拉搜呦 插兒末貼搜呦
a.ra.sso*.yo//jal.mo.te*.sso*.yo
知道了，我錯了。

回應他人

알겠습니다.
阿兒給森你打
al.get.sseum.ni.da
我明白了

詞 彙	알다 [動詞]
解 釋	知道、懂、了解

會話一

Ⓐ 이거 다시 검토해 보세요.
衣狗 他衣 恐透黑 播誰呦
i.go*/da.si/go*m.to.he*/bo.se.yo
這個請你重新檢查一下。

Ⓑ 네, 알겠습니다.
內 阿兒給森你打
ne//al.get.sseum.ni.da
好的,我明白了。

會話二

Ⓐ 내 말이 무슨 뜻인지 알겠지?
累 馬里 母森 的心幾 啊兒給基
ne*/ma.ri/mu.seun/deu.sin.ji/al.get.jji
你懂我的意思了吧?

Ⓑ 네, 알겠어요.
內 阿兒給搜呦
ne//al.ge.sso*.yo
是的,我明白了。

回應他人

좋아요.
醜阿呦
jo.a.yo
好啊！

詞 彙	좋다 [形容詞]
解 釋	好、喜歡、高興

會話一

A 오늘 저녁은 간단하게 짜장면을 시켜 먹자.
歐呢 醜妞跟 砍單哈給 渣髒謬呢 西可呦 末炸
o.neul/jjo*.nyo*.geun/gan.dan.ha.ge/jja.jang.myo*.
neul/ssi.kyo*/mo*k.jja
今天晚餐我們叫外送的炸醬麵簡單吃一吃吧。

B 좋아요. 저 짬뽕 먹을 거예요.
醜阿呦 醜 髒蹦 摸歌 狗耶呦
jo.a.yo//jjam.bong/mo*.geul/go*.ye.yo
好啊，我要吃海鮮炒碼麵。

會話二

A 선배, 술 한잔 사 주세요.
松背 酥兒 憨髒 沙 租誰呦
so*n.be*//sul/han.jan/sa/ju.se.yo
前輩，請我喝酒吧。

B 좋아. 가자.
醜阿 卡渣
jo.a//ga.ja
好啊，走吧。

▣ 回應他人

문제 없어요.
母恩賊　喔不搜呦
mun.je/o*p.sso*.yo
沒問題

慣用句	문제가 없다
解　釋	沒問題（可以使用在答應他人的請託時）

會話一

Ⓐ 수학 문제 좀 가르쳐 주세요.
酥航　母恩賊　綜　卡了秋　租誰呦
su.hang/mun.je/jom/ga.reu.cho*/ju.se.yo
請教我解數學題目。

Ⓑ 문제 없어요.
母恩賊　喔不搜呦
mun.je/o*p.sso*.yo
沒問題。

會話二

Ⓐ 제 아이를 오늘 하루만 돌봐 주세요.
賊　阿衣蕊　歐呢　哈魯慢　透兒爸　租誰呦
je/a.i.reul/o.neul/ha.ru.man/dol.bwa/ju.se.yo
請幫我照顧小孩一天。

Ⓑ 문제 없지. 내가 잘 돌볼게.
母恩賊　喔不幾　累嘎　插兒　透兒播兒給
mun.je/o*p.jji/ne*.ga/jal/dol.bol.ge
沒問題，我會好好照顧的。

1. 韓劇經典台詞篇

❶❻❼

● 回應他人

당연하죠.
堂用哈救
dang.yo*n.ha.jyo
那當然

詞　彙	당연하다 [形容詞]
解　釋	當然

相關例句

例 당연하지.
堂用哈基
dang.yo*n.ha.ji
那當然！（對晚輩或熟人使用，為半語）

例 당근이지.
堂跟你基
dang.geu.ni.ji
那當然！（對晚輩或熟人使用，屬流行語）

會 話

Ⓐ 내일 너도 같이 갈 거지?
內衣兒　樓豆　卡氣　卡兒　狗基
ne*.il/no*.do/ga.chi/gal/go*.ji
明天你也會一起去對吧？

Ⓑ 당연하지.
堂用哈基
dang.yo*n.ha.ji
那當然！

回應他人

물론입니다.
木兒漏您你打
mul.lo.nim.ni.da
當然可以

詞 彙	물론 [名詞]
解 釋	當然可以、不用說

會話一

Ⓐ 저녁 6시까지 짐을 여기에 맡겨도 될까요?
醮妞 唷搜系嘎基 妻悶 唷個衣A 罵個又豆 腿
兒嗖呦
jo*.nyo*k/yo*.so*t.ssi.ga.ji/ji.meul/yo*.gi.e/mat.
gyo*.do/dwel.ga.yo
這裡可以幫我保管行李到晚上六點為止嗎？

Ⓑ 물론입니다.
木兒漏您你打
mul.lo.nim.ni.da
當然可以。

會話二

Ⓐ 한국 요리 좀 가르쳐 줄 수 있겠니?
憨咕妞里 綜 卡了秋 租兒 酥 意給你
han.gung.nyo.ri/jom/ga.reu.cho*/jul/su/it.gen.ni
你可以教我怎麼做韓國菜嗎？

Ⓑ 물론이야.
木兒漏你呀
mul.lo.ni.ya
當然可以。

1.韓劇經典台詞篇

❶❻❾

回應他人

그래요?

可累呦

geu.re*.yo

是嗎?

詞 彙	그렇다 [形容詞]
解 釋	那樣、是的

相關例句

例 "선생님이 널 찾으셔." "그래? 알았어."

松先你咪 NO兒 擦資休 可累 阿拉搜

so*n.se*ng.ni.mi/no*l/cha.jeu.syo*//geu.re*//a.ra.sso*

「老師找你」「是嗎?我知道了。」

會 話

Ⓐ 어제 왜 그렇게 그냥 갔어?

喔賊 為 可囉K 可釀 卡搜

o*.je/we*/geu.ro*.ke/geu.nyang/ga.sso*

為什麼你昨天突然就走了?

Ⓑ 갑자기 일이 생겨서 연락 못 했어.

卡不渣個衣 衣里 先個呦搜 呦兒辣 末 貼搜

gap.jja.gi/i.ri/se*ng.gyo*.so*/yo*l.lak/mo/te*.sso*

突然有急事,沒能聯絡你。

Ⓐ 그래?

可累

geu.re*

是嗎?

回應他人

그럼.

可龍

geu.ro*m

當然、那還用說

詞彙	그럼 [感嘆詞]
解釋	當然、那還用說

會話一

🅐 내일 저도 같이 가도 돼요?

內衣兒 醜豆 卡氣 卡豆 腿呦

ne*.il/jo*.do/ga.chi/ga.do/dwe*.yo

明天我可以一起去嗎？

🅑 그럼, 같이 와. 재미있을 거야.

可龍 卡氣 哇 賊咪衣奢 狗呀

geu.ro*m//ga.chi/wa//je*.mi.i.sseul/go*.ya

當然可以，一起來啊！會很好玩的。

會話二

🅐 이거 다 먹어도 돼요?

衣狗 他 摸狗豆 腿呦

i.go*/da/mo*.go*.do/dwe*.yo

這個我可以吃完嗎？

🅑 그럼, 다 네 거야. 다 먹어.

可龍 他 你 狗呀 他 摸狗

geu.ro*m//da/ni/go*.ya//da/mo*.go*

那還用說，這些都你的，全部吃掉吧！

回應他人

뭐라고?

摸拉勾

mwo.ra.go

什麼、你說什麼?

語 法	라고 [助詞]
解 釋	表示「引用」

※뭐為代名詞，表示「什麼」

相關例句

例 뭐라고 하셨어요?

摸拉勾　哈休搜呦

mwo.ra.go/ha.syo*.sso*.yo

您說什麼?

例 아까 뭐라고 했어?

阿嘎　摸拉勾　黑搜

a.ga/mwo.ra.go/he*.sso*

你剛才說什麼?

例 무슨 말을 하는 거야?

母森　馬惹　哈能　狗呀

mu.seun/ma.reul/ha.neun/go*.ya

你到底在說什麼?

例 잘 안 들려. 뭐라고 그랬어?

擦兒　安　特六　摸拉勾　可累搜

ja/ran/deul.lyo*//mwo.ra.go/geu.re*.sso*

聽不清楚，你說什麼?

回應他人

그럴게요.
可囉兒给呦
geu.ro*l.ge.yo
我會的、沒問題

詞　彙	그렇다　[形容詞]
解　釋	那樣

會話一

A 보영 씨한테 이 소포 좀 전해 줄 수 있어요?
播庸 系懇貼 衣 嗽破 綜 寵內 租兒 酥 衣
搜呦
bo.yo*ng/ssi.han.te/i/so.po/jom/jo*n.he*/jul/su/i.
sso*.yo
這個包裹可以幫我交給寶英小姐嗎？

B 예, 그럴게요.
耶　可囉兒给呦
ye//geu.ro*l.ge.yo
好，我會的。

會話二

A 일 다 끝나면 서류 정리 좀 부탁해요.
衣兒 他 跟那謬恩 搜了U 寵里 綜 鋪他K呦
il/da/geun.na.myo*n/so*.ryu/jo*ng.ni/jom/bu.ta.
ke*.yo
事情做完後，麻煩你整理一下文件。

B 네, 그럴게요.
內　可囉兒给呦
ne//geu.ro*l.ge.yo
好，沒問題。

▣ 回應他人

그렇군요.

可囉古妞

geu.ro*.ku.nyo

原來如此！

慣用句	그렇군요
解　釋	原來如此、這樣啊

※半語用法為「그렇구나」

會話

Ⓐ 세영 씨는 보통 어디서 공부하세요?

誰泳 系能 播通 喔低搜 空不哈誰呦

se.yo*ng/ssi.neun/bo.tong/o*.di.so*/gong.bu.ha.se.yo

世榮小姐通常在哪裡念書？

Ⓑ 집이 너무 시끄러워서 주로 도서관에서 공부해요.

基逼 NO木 西哥囉我搜 組漏 投搜管內搜 公不黑呦

ji.bi/no*.mu/si.geu.ro*.wo.so*/ju.ro/do.so*.gwa.ne.so*/gong.bu.he*.yo

因為家裡太吵了，主要在圖書館念書。

Ⓐ 그렇군요.

可囉古妞

geu.ro*.ku.nyo

原來如此！

回應他人

맞아요.
馬紮呦
ma.ja.yo
沒錯、對、正確無誤

詞　彙	맞다 [動詞]
解　釋	正確、沒錯、對

※맞다與「그렇다」或「옳다」同義

會話一

A 그 여자는 정말 동건 씨 약혼녀 맞아요?
科 唷紮能 寵馬兒 同公 系 呀空妞 馬紮呦
geu/yo*.ja.neun/jo*ng.mal/dong.go*n/ssi/ya.kon.
nyo*/ma.ja.yo
那個女生真的是東健先生的未婚妻嗎？

B 맞아요. 틀림없어요.
馬紮呦 特林摸不搜呦
ma.ja.yo//teul.li.mo*p.sso*.yo
對，沒錯。

會話二

A 이거 맞아요?
衣狗 馬紮呦
i.go*/ma.ja.yo
是這個沒錯嗎？

B 아니에요. 틀렸어요.
阿你耶呦 特六搜呦
a.ni.e.yo//teul.lyo*.sso*.yo
不是，錯了。

▣ 應他人

나도.
那豆
na.do
我也是

詞 彙	도 [助詞]
解 釋	也（表示強調）

會話一

A 내가 잘난척하는 사람을 제일 싫어해요.
累嘎 插兒郎湊卡能 沙拉悶 賊衣兒 西囉黑呦
ne*.ga/jal.lan.cho*.ka.neun/sa.ra.meul/jje.il/si.ro*.
he*.yo
我最討厭自以為是的人。

B 나도.
那豆
na.do
我也是。

會話二

A 난 술을 못 마셔.
男 酥惹 盟 馬休
nan/su.reul/mon/ma.syo*
我不會喝酒。

B 저도요.
醜豆呦
jo*.do.yo
我也是。

回應他人

나도 마찬가지야.
哪豆　馬參嘎幾呀
na.do/ma.chan.ga.ji.ya
我也一樣

詞　彙	마찬가지 [名詞]
解　釋	一樣、相同、同樣

相關例句

例 나도 그래.
那豆　可累
na.do/geu.re*
我也是。

例 나도 그렇게 생각해요.
那豆　可囉K　先嘎K呦
na.do/geu.ro*.ke/se*ng.ga.ke*.yo
我也那麼想。

會 話

A 난 빨리 취직하고 싶어.
囊　爸兒里　去寄卡勾　西波
nan/bal.li/chwi.ji.ka.go/si.po*
我想趕快就業。

B 나도 마찬가지야.
那豆　媽參嘎基呀
na.do/ma.chan.ga.ji.ya
我也一樣。

回應他人

몰라요.
摸兒拉呦
mol.la.yo
我不知道

詞　彙	모르다 [動詞]
解　釋	不知道、不懂、不認識

相關例句

例 저는 잘 모르겠습니다.
醜能　插兒　摸了給森你打
jo*.neun/jal/mo.reu.get.sseum.ni.da
我不太清楚。

例 저한테 묻지 마세요. 저는 아무것도 모릅니다.
醜慇貼　木基　媽誰呦　醜能　阿母狗豆　摸冷你打
jo*.han.te/mut.jji/ma.se.yo//jo*.neun/a.mu.go*t.do/
mo.reum.ni.da
不要問我，我什麼都不知道。

會　話

A 네 동생이 왜 방에 없어? 어디에 갔니?
你　同誰衣　為　旁A　喔不搜　喔低A　砍你
ni/dong.se*ng.i/we*/bang.e.o*p.sso*//o*.di.e/gan.ni
你弟弟怎麼不在房間？去哪裡了？

B 나도 몰라요.
那豆　摸兒拉呦
na.do/mol.la.yo
我也不知道。

1. 韓劇經典台詞篇

177

回應他人

못 봤어요.
末 爸搜呦
mot/bwa.sso*.yo
沒看到、沒看見

詞 彙	못 [副詞]
解 釋	沒能、無法

會話一

Ⓐ 엄마, 혹시 내 목도리 못 봤어요?
翁罵 後系 內 末豆里 末 爸搜呦
o*m.ma//hok.ssi/ne*/mok.do.ri/mot/bwa.sso*.yo
媽，你有看到我的圍巾嗎？

Ⓑ 못 봤는데. 어떤 목도리니?
末 爸能爹 喔東 末豆里你
mot/bwan.neun.de//o*.do*n/mok.do.ri.ni
沒看到，什麼樣的圍巾？

會話二

Ⓐ 방금 우리 사무실에 들어온 그 남자를 봤어?
旁跟 烏里 沙母西累 特囉翁 科 男渣惹 怕搜
bang.geum/u.ri/sa.mu.si.re/deu.ro*.on/geu/nam.ja.reul/bwa.sso*
你有看到剛才進來我們辦公室的那位男子嗎？

Ⓑ 누구? 못 봤어.
努估 末 爸搜
nu.gu//mot/bwa.sso*
誰？沒看到。

回應他人

없어요.

喔不搜呦

o*p.sso*.yo

沒有

詞 彙	없다 [形容詞]
解 釋	沒有、不在

會話一

Ⓐ 지금 시간 있어요?

起跟 西乾 衣搜呦

ji.geum/si.gan/i.sso*.yo

你現在有時間嗎？

Ⓑ 없어요. 지금 수업 들어가야 돼.

喔不搜呦 妻跟 酥喔不 特囉嘎呀 對

o*p.sso*.yo//ji.geum/su.o*p/deu.ro*.ga.ya/dwe*

沒有，我現在要去上課。

會話二

Ⓐ 돈 좀 있어? 50만 원만 빌려 줘라. 제발

同 綜 衣搜 喔心馬挪慢 匹兒六 左拉 賊爸兒

don/jom/i.sso*//o.sim.ma.nwon.man/bil.lyo*/jwo.ra/

/je.bal

你有錢嗎？借我50萬韓圜吧，拜託！

Ⓑ 제가 돈이 어디 있어요? 없어요.

賊嘎 同你 喔低 衣搜呦 喔不搜呦

je.ga/do.ni/o*.di/i.sso*.yo//o*p.sso*.yo

我哪有錢，沒有！

1.

韓劇經典台詞篇

179

回應他人

마음대로 하세요.

馬恩爹漏　哈誰呦

ma.eum.de*.ro/ha.se.yo

請便、你想怎麼做就怎麼做吧

詞　彙	마음대로　[副詞]
解　釋	隨心所欲、隨便

相關例句

例 좋을대로 하세요.

醜兒爹漏　哈誰呦

jo.eul.de*.ro/ha.se.yo

隨便您吧、看您自己吧！

例 편하신대로 하세요.

匹呦哈心爹漏　哈誰呦

pyo*n.ha.sin.de*.ro/ha.se.yo

看您方便吧。

會 話

Ⓐ 내일 이 치마 입고 파티에 갈 거야!

累衣兒　衣　氣馬　衣不夠　怕踢A　卡兒　狗呀

ne*.il/i/chi.ma/ip.go/pa.ti.e/gal/go*.ya

我明天要穿這件裙子去參加派對！

Ⓑ 네 마음대로 해!

你　馬恩爹漏　黑

ni/ma.eum.de*.ro/he*

隨便你。

生活應用會話

● 生活會話

안녕하세요.
安妞哈誰呦
an.nyo*ng.ha.se.yo
您好

慣用句	안녕하세요
解　釋	您好嗎、您好（為問候語）

※안녕（你好）為半語，只能對晚輩或熟識之人使用

會話一

Ⓐ 안녕하세요.
安妞哈誰呦
an.nyo*ng.ha.se.yo
您好。

Ⓑ 네, 안녕하세요.
內　安妞哈誰呦
ne//an.nyo*ng.ha.se.yo
是的，您好。

會話二

Ⓐ 안녕.
安妞
an.nyo*ng
你好。

Ⓑ 네, 안녕하세요.
內　安妞哈誰呦
ne//an.nyo*ng.ha.se.yo
是的，您好。

生活會話

다녀오겠습니다.

他妞毆給森你打

da.nyo*.o.get.sseum.ni.da

我出門了

詞 彙	다녀오다 [動詞]
解 釋	去過、去一趟回來

相關例句

例 갔다올게요.

卡打毆兒給呦

gat.da.ol.ge.yo

我去去就來。

例 잠깐 다녀올게요.

蟬乾　他妞毆兒給呦

jam.gan/da.nyo*.ol.ge.yo

我出門一會。

會 話

Ⓐ 다녀오겠습니다.

他妞毆給森你打

da.nyo*.o.get.sseum.ni.da

我出門了。

Ⓑ 다녀와라.

他妞哇拉

da.nyo*.wa.ra

去吧。

● 生活會話

잘 자요.
插兒 渣呦
jal/jja.yo
晚安

詞　彙	자다 [動詞]
解　釋	睡覺

相關例句

例 꿈에서 만나자. 잘 자.

估妹搜　蠻那渣 插兒 渣

gu.me.so*/man.na.ja//jal/jja

我們在夢中相見吧，晚安！

例 안녕히 주무세요.

安妞衣　租母誰呦

an.nyo*ng.hi/ju.mu.se.yo

晚安！（對長輩使用）

會 話

Ⓐ 피곤해서 바로 잘 거예요.

匹空內搜　怕漏 插兒 勾耶呦

pi.gon.he*.so*/ba.ro/jal/go*.ye.yo

我很累，馬上要睡了。

Ⓑ 그래. 잘 자.

可累 插兒 渣

geu.re*//jal/jja

好，晚安。

• track 084

生活會話

잘 잤어요?
插兒　紮搜呦
jal/jja.sso*.yo
你睡得好嗎？

詞　彙	잘 [副詞]
解　釋	好好地、安好地

相關例句

例 안녕히 주무셨어요?
安妞衣　租母休搜呦
an.nyo*ng.hi/ju.mu.syo*.sso*.yo
您睡得好嗎？

會　話

Ⓐ 지연 씨, 잘 잤어요?
七庸　系　插兒　紮搜呦
ji.yo*n/ssi//jal/jja.sso*.yo
智妍小姐，你睡得好嗎？

Ⓑ 네, 잘 잤어요.
內　插兒　紮搜呦
ne//jal/jja.sso*.yo
我睡得很好。

Ⓑ 아니요. 자꾸 잠이 깼어요.
阿你呦　插固　蟬咪　給搜呦
a.ni.yo//ja.gu/ja.mi/ge*.sso*.yo
沒有，一直醒來。

生活會話

축하해요.
粗卡黑呦
chu.ka.he*.yo
恭喜你

詞 彙	축하하다 [動詞]
解 釋	恭喜、祝賀

相關例句

例 생신 축하드려요.
先新　粗卡特溜呦
se*ng.sin/chu.ka.deu.ryo*.yo
祝您生日快樂！

例 개업 축하드립니다.
k喔不　粗卡特林你打
ge*.o*p/chu.ka.deu.rim.ni.da
恭喜您開業。

會 話

Ⓐ 생일 축하해. 이거 선물이야.
先衣兒　粗卡黑　衣狗　松木里呀
se*ng.il/chu.ka.he*//i.go*/so*n.mu.ri.ya
生日快樂，這是禮物。

Ⓑ 고마워.
口馬我
go.ma.wo
謝謝。

▶ 生活會話

잠시만요

蟬西滿妞

jam.si.ma.nyo

請稍等、等一下

詞　彙	잠시 [名詞、副詞]
解　釋	暫時、暫且、一會

會話一

Ⓐ 저기요, 남은 음식을 좀 포장해 줄 수 있습니까?

醜個衣呦　男悶　恩系歌　綜　波髒黑　租兒　酥　衣森你嘎

jo*.gi.yo//na.meun/eum.si.geul/jjom/po.jang.he*/jul/su/it.sseum.ni.ga

服務生，可以幫我把剩下的食物包起來嗎？

Ⓑ 네, 잠시만요.

內　蟬西滿妞

ne//jam.si.ma.nyo

好的，請稍等。

會話二

Ⓐ 차 부장님이 계십니까?

擦　鋪髒你咪　K新你嘎

cha/bu.jang.ni.mi/ge.sim.ni.ga

車部長在嗎？

Ⓑ 잠시만요. 부장님을 바꿔 드리겠습니다

蟬西滿妞　鋪髒你悶　怕鍋　特里給森你打

jam.si.ma.nyo//bu.jang.ni.meul/ba.gwo/deu.ri.get.sseum.ni.da

請稍等，幫您轉接給部長。

生活會話

잠깐만요.
蟬乾滿妞
jam.gan.ma.nyo
請稍等、等一下

詞　彙	잠깐 [名詞、副詞]
解　釋	一下子、一會兒、稍微

會話一

Ⓐ 버스가 왔어. 가자!
播思嘎　哇搜　卡渣
bo*.seu.ga/wa.sso*//ga.ja
公車來了，走吧！

Ⓑ 잠깐만요, 저 교통카드 충전해야 돼요.
蟬乾滿妞　醜　可又通卡的　村宗黑呀　對呦
jam.gan.ma.nyo//jo*/gyo.tong.ka.deu/chung.jo*n.he*.ya/dwe*.yo
等一下，我要儲值交通卡。

會話二

Ⓐ 아저씨, 나 배고파요. 라면 끓여 줘요.
阿走系　那　陪勾怕呦　拉謬恩　歌六　左呦
a.jo*.ssi//na/be*.go.pa.yo//ra.myo*n/geu.ryo*/jwo.yo
大叔，我肚子餓了，煮泡麵給我吃。

Ⓑ 그래 그래. 잠깐만!
可累　可累　蟬乾滿
geu.re*/geu.re*//jam.gan.ma
好！好！等一下！

生活會話

잠깐만 기다려 주세요.

蟬乾滿　可衣答六　租誰呦

jam.gan.man/gi.da.ryo*/ju.se.yo

請您等我一下

詞　彙	잠깐 [名詞、副詞]
解　釋	一下子、一會兒、稍微

相關例句

例 조금만 기다려 주세요.

醜跟慢　可衣答六　租誰呦

jo.geum.man/gi.da.ryo*/ju.se.yo

請稍等我一會。

例 잠시만 기다려 주시겠어요?

蟬西慢　可衣答六　租西給搜呦

jam.si.man/gi.da.ryo*/ju.si.ge.sso*.yo

您可以等我一下嗎?

會話

Ⓐ 큰 사이즈로 바꿔 주세요.

坑　沙衣資漏　怕果　租誰呦

keun/sa.i.jeu.ro/ba.gwo/ju.se.yo

請幫我換成大號的尺寸。

Ⓑ 네, 잠깐만 기다려 주세요.

內　蟬乾滿　可衣答六　租誰呦

ne//jam.gan.man/gi.da.ryo*/ju.se.yo

好的,請您等我一下。

● 生活會話

시간 나세요?
西乾　那誰呦
si.gan/na.se.yo
您方便嗎？

慣用句	시간이 나다
解　釋	有時間、有空、閒下時間

相關例句

例 시간 있어요?
西乾　衣搜呦
si.gan/i.sso*.yo
你有時間嗎？

例 지금 시간 나니?
七根　西乾　哪你
ji.geum/si.gan/na.ni
現在你方便嗎？

會話

Ⓐ 내일 시간 나면 한번 만나고 싶은데요.
內衣兒　西乾　那謬恩　憨崩　慢那勾　西噴爹呦
ne*.il/si.gan/na.myo*n/han.bo*n/man.na.go/si.peun.
de.yo
如果你明天有時間，我想跟你見面。

Ⓑ 내일 약속이 있어요. 미안해요.
累衣兒　呀嗽個衣　衣搜呦　咪安黑呦
ne*.il/yak.sso.gi/i.sso*.yo//mi.an.he*.yo
我明天有約了，對不起。

生活會話

행운을 빕니다.
黑烏呢　拼你打
he*ng.u.neul/bim.ni.da
祝你好運

| 慣用句 | 행운을 빌다 |
| 解　釋 | 祈求好運 |

相關例句

例 성공하시길 빕니다.
松公哈西個衣兒　拼你打
so*ng.gong.ha.si.gil/bim.ni.da
祝你成功。

例 행운을 빌어 줘요.
黑烏呢　匹囉　左呦
he*ng.u.neul/bi.ro*/jwo.yo
祝我好運吧。

會 話

Ⓐ 행운을 빌게.
黑溫呢　匹兒給
he*ng.u.neul/bil.ge
祝你好運。

Ⓑ 고마워. 그럼 가 볼게.
口馬我　可龍　卡　播兒給
go.ma.wo//geu.ro*m/ga/bol.ge
謝謝，那我走了。

生活會話

들어오세요
特囉毆誰呦
deu.ro*.o.se.yo
請進

| 詞　彙 | 들어오다 [動詞] |
| 解　釋 | 進、進來 |

相關例句

例 들어오세요. 신발은 안 벗어도 돼요.
特囉毆誰呦　新爸冷　安　波搜豆　腿呦
deu.ro*.o.se.yo//sin.ba.reun/an/bo*.so*.do/dwe*.yo
請進，不用脫鞋。

例 들어가도 됩니까?
特囉卡豆　腿你嘎
deu.ro*.ga.do/dwem.ni.ga
請問我可以進去嗎？

會 話

Ⓐ 실례합니다.
西兒累憨你打
sil.lye.ham.ni.da
打擾了。

Ⓑ 아니에요. 들어오세요.
阿你耶呦　特囉毆誰呦
a.ni.e.yo//deu.ro*.o.se.yo
不會，請進。

生活會話

앉으세요!
安資誰呦
an.jeu.se.yo
請坐！

詞　彙	앉다 [動詞]
解　釋	坐、坐下

相關例句

例 이리 와요. 내 옆에 앉아요.
衣里　哇呦//內　呦配　安渣呦
i.ri/wa.yo//ne*/yo*.pe/an.ja.yo
你過來這裡，坐在我的旁邊。

例 여기 소파에 앉으세요.
呦個衣　瘦趴Ａ　安資誰呦
yo*.gi/so.pa.e/an.jeu.se.yo
請坐在這邊的沙發上。

例 잠깐 앉으시죠.
蟬乾　安資西救
jam.gan/an.jeu.si.jyo
您坐一會吧。

例 와 주셔서 감사합니다. 여기에 앉으세요.
哇　租休搜　砍沙憨你打　呦可衣Ａ　安資誰呦
wa/ju.syo*.so*/gam.sa.ham.ni.da//yo*.gi.e/an.jeu.
se.yo
謝謝您能過來，請坐這裡。

生活會話

차 드세요.

擦 特誰呦

cha/deu.se.yo

請喝茶

詞 彙 解 釋	차 [名詞] ①茶②車

195

相關例句

例 물 한잔 주세요.

母兒 憨欉 租誰呦

mul/han.jan/ju.se.yo

請給我一杯水。

例 커피 한잔 하시겠어요?

扣匹 憨欉 哈西給搜呦

ko*.pi/han.jan/ha.si.ge.sso*.yo

您要喝杯咖啡嗎？

會 話

Ⓐ 차 한잔 할래요?

擦 憨欉 哈兒累呦

cha/han.jan/hal.le*.yo

你要喝杯茶嗎？

Ⓑ 네, 한잔 주세요.

內 憨欉 租誰呦

ne//han.jan/ju.se.yo

好的，請給我一杯茶。

● 生活會話

> 너 어디야?
> NO　喔低呀
> no*/o*.di.ya
> 你在哪？

詞　彙	어디　[代名詞]
解　釋	哪裡

會話一　(通話中)

Ⓐ 너 어디야? 놀아 줘라.
　NO　喔低呀　弄拉　左拉
　no*/o*.di.ya//no.ra/jwo.ra
　你在哪？陪我玩吧。

Ⓑ 난 지금 바빠요. 미안해요. 끊어요.
　男　妻跟　怕吧呦　咪安黑呦　跟NO呦
　nan/ji.geum/ba.ba.yo//mi.an.he*.yo//geu.no*.yo
　我現在很忙，抱歉，掛電話囉！

會話二

Ⓐ 여보, 지금 어디예요?
　呦播　妻跟　喔低耶呦
　yo*.bo//ji.geum/o*.di.ye.yo
　老公，你現在在哪？

Ⓑ 사무실이야. 왜?
　沙母西里呀　為
　sa.mu.si.ri.ya//we*
　在辦公室，怎麼了？

生活會話

기다리지 마요.

可衣答里基　馬呦

gi.da.ri.ji/ma.yo

別等了

詞　彙	기다리다　[動詞]
解　釋	等待、等候

相關例句

例 나 군대 가니까 기다리지 마.

那　坤貼　卡你嘎　可衣他里基　馬

na/gun.de*/ga.ni.ga/gi.da.ri.ji/ma

我要去當兵了，別等我。

會　話

Ⓐ 처리할 게 많아서 좀 늦을 거야.

湊里哈兒　給　馬那搜　宗　呢遮　狗呀

cho*.ri.hal/ge/ma.na.so*/jom/neu.jeul/go*.ya

要處理的事很多，會晚一點。

Ⓑ 늦어도 괜찮아. 기다려도 좋아.

呢走豆　虧餐那　可衣答六豆　醜啊

neu.jo*.do/gwe*n.cha.na/gi.da.ryo*.do/jo.a

晚點也沒關係，我等你。

Ⓐ 아니야. 오늘은 기다리지 말고 먼저 자.

啊你呀//歐呢冷　可衣答里基　馬兒夠　盟走　插

a.ni.ya//o.neu.reun/gi.da.ri.ji/mal.go/mo*n.jo*/ja

不，今天別等我你先睡吧。

生活會話

너 밖에 없다.
NO 爸給 喔不打
no*/ba.ge/o*p.da
我只有你了

慣用句	밖에 없다
解釋	除了…就沒了、只有…

相關例句

例 도와 줘. 난 당신 밖에 없어.
投哇 左 男 堂心 爸給 喔不搜
do.wa/jwo//nan/dang.sin/ba.ge/o*p.sso*
幫幫我吧，我只有你了。

會話

Ⓐ 난 사정이 있어서 돈이 좀 필요해.
男 沙宗衣 衣搜搜 同你 綜 匹六黑
nan/sa.jo*ng.i/i.sso*.so*/do.ni/jom/pi.ryo.he*
我有點事，需要一些錢。

Ⓑ 얼마 필요한데? 빌려 줄게.
喔兒馬 匹六憨爹 匹兒六 租兒給
o*l.ma/pi.ryo.han.de//bil.lyo*/jul.ge
需要多少錢？我借你。

Ⓐ 진짜? 너 밖에 없어. 고마워.
金渣 NO 爸給 喔不搜 口馬我
jin.jja//no*/ba.ge/o*p.sso*//go.ma.wo
真的嗎？我只有你了，謝謝！

生活會話

조용히 좀 해.
醜庸衣　綜　黑
jo.yong.hi/jom/he*
安靜一點！

| 詞　彙 | 조용히　[副詞] |
| 解　釋 | 安靜地、不出聲地 |

相關例句

例 조용히 하세요.
醜庸衣　哈誰呦
jo.yong.hi/ha.se.yo
請您安靜。

例 조용한 곳에 있고 싶어요.
醜庸憨　狗誰　以勾　西波呦
jo.yong.han/go.se/it.go/si.po*.yo
我想待在安靜的地方。

會 話

A 시끄러, 조용히 좀 해!
西哥囉　醜庸衣　綜　黑
si.geu.ro*//jo.yong.hi/jom/he*
很吵耶，安靜一點！

B 예, 죄송합니다.
耶　璀松憨你打
ye//jwe.song.ham.ni.da
是，對不起。

生活會話

잠이 안 와.
蟬咪 安 哇
ja.mi/an/wa
睡不著

慣用句	잠이 오다
解釋	犯困、有睡意、想睡覺

相關例句

例 밤에 잠이 안 와요. 진짜 미치겠어요.
旁妹 蟬咪 安 哇呦 金渣 咪氣给搜呦
ba.me/ja.mi/an/wa.yo//jin.jja/mi.chi.ge.sso*.yo
晚上睡不著,快瘋了!

例 어제 옆방이 너무 시끄러워서 잠을 못 잤어요.
喔賊 又邦衣 樓木 西哥囉我搜 蟬悶 末 渣
搜呦
o*.je/yo*p.bang.i/no*.mu/si.geu.ro*.wo.so*/ja.
meul/mot/ja.sso*.yo
昨天隔壁房太吵了,睡不著。

會 話

A 사실 며칠째 제대로 된 잠을 이루지 못했어요.
沙西兒 謬氣兒賊 賊爹漏 推 蟬悶 衣魯基 摸
貼搜呦
sa.sil/myo*.chil.jje*/je.de*.ro/dwen/ja.meul/i.ru.ji/
mo.te*.sso*.yo
其實我連續幾天都沒有好好睡上一覺了。

B 왜? 무슨 고민이 있어?
為 母申 口咪你 衣搜
we*//mu.seun/go.mi.ni/i.sso*
為什麼?你有什麼煩惱嗎?

生活會話

일어나요.

衣囉那呦

i.ro*.na.yo

快起床！

詞 彙	일어나다 [動詞]
解 釋	起床、起來、站起來

相關例句

例 야, 일어나! 빨리 안 일어나!?

呀 衣囉那 爸兒里 阿 你囉那

ya//i.ro*.na//bal.li/a/ni.ro*.na

欸～起床！你還不起床嗎？

例 일어나세요. 출근해야죠.

衣囉那誰呦 粗兒跟黑呀救

i.ro*.na.se.yo//chul.geun.he*.ya.jyo

請您起床，該上班了。

會 話

A 일어나! 벌써 9시 반이야.

衣囉那 播兒搜 阿後 西半你呀

i.ro*.na//bo*l.sso*/a.hop.ssi.ba.ni.ya

起床！已經9點半了。

B 조금만 더 자게 해 줘.

醜跟慢 投 插給 黑 左

jo.geum.man/do*/ja.ge/he*/jwo

再讓我睡一下。

生活會話

농담이에요.
農答咪耶呦
nong.da.mi.e.yo
我是開玩笑的

詞　彙	농담 [名詞]
解　釋	玩笑、笑話

相關例句

例 농담하지 마세요.
農答哈基　馬誰呦
nong.dam.ha.ji/ma.se.yo
你不要開玩笑。

會 話

Ⓐ 나랑 사귈래?
那郎　沙規兒累
na.rang/sa.gwil.le*
你要跟我交往嗎？

Ⓑ 진심이야? 아니지? 농담하는 거지?
金西咪呀　阿你基　農答媽能　狗基
jin.si.mi.ya/a.ni.ji//nong.dam.ha.neun/go*.ji
你是真心的嗎？不是吧？你在開玩笑對吧？

Ⓐ 맞아. 농담이야.
馬渣　農答咪呀
ma.ja//nong.da.mi.ya
對，我是開玩笑的。

生活會話

가 봤어요.
卡 爸搜呦
ga/bwa.sso*.yo
我去過了

語 法	動詞語幹＋아/어 보다
解 釋	試著做…（表示試著做看看某一行為）

※若아/어 보다與過去形語尾「았」一同使用，則
表示已嘗試過某一行為。

會話一

Ⓐ 대만에 가 보셨어요?
貼滿內 卡 播休搜呦
de*.ma.ne/ga/bo.syo*.sso*.yo
您去過台灣嗎？

Ⓑ 네, 가 봤어요.
內 卡 爸搜呦
ne//ga/bwa.sso*.yo
有，我去過了。

會話二

Ⓐ 서울타워에 가 봤어요?
搜鳥兒他我A 卡 爸搜呦
so*.ul.ta.wo.e/ga/bwa.sso*.yo
你去過首爾塔了嗎？

Ⓑ 아니요, 아직 못 가 봤어요.
阿你呦 阿寄 末 嘎 爸搜呦
a.ni.yo//a.jing/mot/ga/bwa.sso*.yo
不，還沒有去過。

生活會話

생각이 안 나요.
先嘎個衣　安　那呦
se*ng.ga.gi/an/na.yo
想不起來

慣用句	생각이 나다
解　釋	想起來、想到

相關例句

例 자세히 생각해 봐요.
擦誰西　先嘎K 爸呦
ja.se.hi/se*ng.ga.ke*/bwa.yo
你仔細想想。

例 아! 생각났어요.
阿　先剛那搜呦
a//se*ng.gang.na.sso*.yo
啊～我想起來了。

會 話

Ⓐ 생각났어요?
先剛那搜呦
se*ng.gang.na.sso*.yo
你想起來了嗎？

Ⓑ 아니. 생각이 안 나.
阿你　先剛個衣　安　那
a.ni//se*ng.ga.gi/an/na
沒有，想不起來。

生活會話

깜빡 잊었어요.

乾爸 個衣走搜呦

gam.ba/gi.jo*.sso*.yo

我忘記了

慣用語	깜빡 잊다
解　釋	忘記、忘光光、忘了

相關例句

例 난 다 잊었어요.

囊 他 衣走搜呦

nan/da/i.jo*.sso*.yo

我都忘了。

例 나를 잊지 말아요.

那惹 意基 馬拉呦

na.reul/it.jji/ma.ra.yo

別忘了我。

會 話

Ⓐ 지난 번에 화낸 건 미안해요.

七囊 崩內 花累 拱 咪安黑呦

ji.nan/bo*.ne/hwa.ne*n/go*n/mi.an.he*.yo

我很抱歉上次對你發脾氣。

Ⓑ 괜찮아요. 난 벌써 잊었어요.

虧參那呦 囊 波兒嗽 衣走搜呦

gwe*n.cha.na.yo//nan/bo*l.sso*/i.jo*.sso*.yo

沒關係，我已經忘記了。

生活會話

까먹었어요.
嘎摸勾搜呦
ga.mo*.go*.sso*.yo
忘記了

詞 彙	까먹다 [動詞]
解 釋	忘得一乾二淨、忘光光

相關例句

例 약속을 잊어버렸어요.
呀瘦歌　衣走波溜搜呦
yak.sso.geul/i.jo*.bo*.ryo*.sso*.yo
我忘記我有約了。

例 비밀번호가 생각이 안 나요.
匹咪崩齁嘎　先嘎個衣　安　那呦
bi.mil.bo*n.ho.ga/se*ng.ga.gi/an/na.yo
密碼想不起來。

會 話

Ⓐ 거래처분께 전화 드렸어요?
口累醜鋪恩給　蟲花　特溜搜呦
go*.re*.cho*.bun.ge/jo*n.hwa/deu.ryo*.sso*.yo
你打電話給客戶了沒？

Ⓑ 아, 까먹었어요.
阿　嘎末勾搜呦
a//ga.mo*.go*.sso*.yo
啊！我忘記了。

生活會話

그건 뭐예요?

可拱　魔耶呦

geu.go*n/mwo.ye.yo

那是什麼？

詞　彙	그것　[代名詞]
解　釋	那個、那（그건為그것은的略語）

相關例句

例 이게 뭐예요?

衣給　魔耶呦

i.ge/mwo.ye.yo

這是什麼？

會 話

Ⓐ 그건 뭐예요?

可拱　魔耶呦

geu.go*n/mwo.ye.yo

那是什麼？

Ⓑ 선물! 오늘 네 생일이잖아.

松木兒　歐呢　你　先衣里渣那

so*n.mul//o.neul/ni/se*ng.i.ri.ja.na

禮物囉！今天是你的生日啊！

Ⓐ 어머! 고마워요.

喔摸　口媽我呦

o*.mo*//go.ma.wo.yo

哎呀！謝謝！

生活會話

어디에 가요?

喔低A 卡呦

o*.di.e/ga.yo

你要去哪裡?

詞　彙	어디 [代名詞]
解　釋	哪裡

相關例句

例 어디에 가는 길이에요?

喔低A 卡能 可衣里耶呦

o*.di.e/ga.neun/gi.ri.e.yo

你要去哪的路上?

會話

Ⓐ 어디 가?

喔低 卡

o*.di/ga

你要去哪?

Ⓑ 학원. 왜?

哈果恩 為

ha.gwon//we*

補習班,怎麼了?

Ⓐ 집에 올 때 계란 좀 사 와.

雞杯 歐兒 爹 K蘭 綜 沙哇

ji.be/ol/de*/ge.ran/jom/sa.wa

回家的時候,買雞蛋回來。

生活會話

지금 몇 시예요?
七根　謬　西耶呦
ji.geum/myo*t/si.ye.yo
現在幾點？

詞組	몇 시
解釋	幾點

會話一

A 지금 몇 시예요?
七根　謬　西耶呦
ji.geum/myo*t/si.ye.yo
現在幾點？

B 오전 열 시예요.
毆總　呦兒　西耶呦
o.jo*n/yo*l/si.ye.yo
上午十點。

會話二

A 지금 몇 시야?
七根　謬　西呀
ji.geum/myo*t/si.ya
現在幾點？

B 저녁 여섯 시 반이야.
醜妞　個呦搜　西盤你呀
jo*.nyo*/gyo*.so*t/si.ba.ni.ya
晚上六點半。

生活會話

오늘은 무슨 요일이에요?

歐呢冷　母森　呦衣里耶呦

o.neu.reun/mu.seun/yo.i.ri.e.yo

今天星期幾？

慣用句	무슨 요일
解釋	星期幾

會話一

Ⓐ 오늘은 무슨 요일이에요?

歐呢冷　母森　呦衣里耶呦

o.neu.reun/mu.seun/yo.i.ri.e.yo

今天星期幾？

Ⓑ 수요일이요.

酥呦衣里呦

su.yo.i.ri.yo

星期三。

會話二

Ⓐ 오늘은 무슨 날이야?

歐呢冷　母森　那里呀

o.neu.reun/mu.seun/na.ri.ya

今天是什麼日子？

Ⓑ 식목일이야.

新末個衣里呀

sing.mo.gi.ri.ya

是植樹節。

生活會話

오늘이 며칠이에요?

歐呢里 謬氣里耶呦

o.neu.ri/myo*.chi.ri.e.yo

今天幾號？

詞 彙	며칠 [名詞]
解 釋	幾號、幾天

相關例句

例 오늘이 음력 며칠이지요?

歐呢里 恩六 謬氣里基呦

o.neu.ri/eum.nyo*ng/myo*.chi.ri.ji.yo

今天是陰曆幾號呢？

例 오늘이 며칠인지 알아요?

歐呢里 謬氣林基 阿拉呦

o.neu.ri/myo*.chi.rin.ji/a.ra.yo

你知道今天幾號嗎？

會 話

Ⓐ 오늘이 몇 월 며칠이죠?

歐呢里 謬 多兒 謬氣里敎

o.neu.ri/myo*.dwol/myo*.chi.ri.jyo

今天是幾月幾號？

Ⓑ 4월 12일이에요.

沙我兒西逼衣里耶呦

sa.wol/si.bi.i.ri.e.yo

4月12號。

生活會話

오늘 날씨 어때요?
歐呢　那兒系　喔爹呦
o.neul/nal.ssi/o*.de*.yo
今天天氣如何？

詞 彙 解 釋	날씨　[名詞] 天氣

會話一

Ⓐ 오늘 날씨 어떠세요?
歐呢　那兒系　喔豆誰呦
o.neul/nal.ssi/o*.do*.se.yo
今天天氣怎麼樣？

Ⓑ 많이 춥죠.
馬你　粗不救
ma.ni/chup.jjyo
很冷。

會話二

Ⓐ 오늘 날씨 어때요?
歐呢　那兒系　喔爹呦
o.neul/nal.ssi/o*.de*.yo
今天天氣如何？

Ⓑ 좀 흐리지만 안 더워서 좋아요.
綜　呵里基慢　安　頭我搜　醜阿呦
jom/heu.ri.ji.man/an/do*.wo.so*/jo.a.yo
有點陰陰的，但不會熱很舒服。

生活會話

더워 죽겠어요.
投窩 處給搜呦
do*.wo/juk.ge.sso*.yo
熱死了！

詞 彙 解 釋	덥다 [形容詞] (天氣) 熱

相關例句

例 너무 더워 죽겠어요. 가만 있어도 땀이 나요.
樓木 投窩 處給搜呦 卡慢 衣搜豆 單咪 那呦
no*.mu/do*.wo/juk.ge.sso*.yo//ga.man/i.sso*.do/
da.mi/na.yo
熱死了，不動也會流汗。

例 추워 죽겠어요.
粗窩 處給搜呦
chu.wo/juk.ge.sso*.yo
冷死了。

會 話

Ⓐ 정말 더워 죽겠어. 선풍기 없어?
寵媽兒 投窩 處給搜 松撲個衣 喔不搜
jo*ng.mal/do*.wo/juk.ge.sso*//so*n.pung.gi/o*p.
sso*
真的熱死了，沒有電風扇嗎？

Ⓑ 있는데 어제 고장났어요.
影能爹 喔賊 口髒那搜呦
in.neun.de/o*.je/go.jang.na.sso*.yo
有，但是昨天壞掉了。

• track 098

生活會話

날씨가 춥네요.
那兒系嘎　村內呦
nal.ssi.ga/chum.ne.yo
天氣很冷呢！

詞　彙	춥다 [形容詞]
解　釋	（天氣）冷

會話一

Ⓐ 오늘 엄청 덥네요.
歐呢　翁蔥　同內呦
o.neul/o*m.cho*ng/do*m.ne.yo
今天很熱呢！

Ⓑ 반팔 입고 다녀도 될 것 같아요.
盤怕兒　衣不夠　他妞豆　腿兒　狗　嘎他呦
ban.pal/ip.go/da.nyo*.do/dwel/go*t/ga.ta.yo
似乎可以穿短袖出門了。

會話二

Ⓐ 날씨가 춥네.
那兒系嘎　村內
nal.ssi.ga/chum.ne
天氣很冷呢！

Ⓑ 나 핫팩 두 개 있는데 하나 줄까?
那　哈佩　吐　給　影能爹　哈那　租兒嘎
na/hat.pe*k/du/ge*/in.neun.de/ha.na/jul.ga
我有兩個暖暖包，要不要給你一個？

生活會話

비가 왔어요.
匹嘎　挖搜呦
bi.ga/wa.sso*.yo
下雨了

慣用句	비가 오다
解　釋	下雨

相關例句

例 비가 멈췄어요.
匹嘎　盟搓搜呦
bi.ga/mo*m.chwo.sso*.yo
雨停了。

例 비가 왔었나요?
匹嘎　挖松那呦
bi.ga/wa.sso*n.na.yo
下過雨了嗎?

會　話

Ⓐ 밖에 비가 많이 와요.
怕給　匹嘎　馬你　挖呦
ba.ge/bi.ga/ma.ni/wa.yo
外面在下大雨。

Ⓑ 어떡해? 난 우산 안 가져왔는데.
喔豆K　男　烏山　安　卡糾碗能貼
o*.do*.ke*//nan/u.san/an/ga.jo*.wan.neun.de
怎麼辦? 我沒帶雨傘來。

生活會話

> 여보세요
> 呦播誰呦
> yo*.bo.se.yo
> 喂

| 詞 彙 | 여보세요 [感嘆詞] |
| 解 釋 | 喂（使用在打電話或呼喚他人時） |

相關例句

例 여보세요, 전화 바뀼습니다.
呦播誰呦　寵話　怕郭森你打
yo*.bo.se.yo//jo*n.hwa/ba.gwot.sseum.ni.da
喂，電話轉換了。

例 여보세요, 누굴 찾으세요?
呦播誰呦　努古兒　擦資誰呦
yo*.bo.se.yo//nu.gul/cha.jeu.se.yo
喂，請問找哪位？

會 話

Ⓐ 여보세요. 민영 씨 계세요?
呦播誰呦　民庸　系　K誰呦
yo*.bo.se.yo//mi.nyo*ng/ssi/ge.se.yo
喂？請問敏英小姐在嗎？

Ⓑ 전데요. 누구십니까?
寵爹呦　努古新你嘎
jo*n.de.yo//nu.gu.sim.ni.ga
就是我，請問是哪位？

生活會話

전화해요.
蟲花黑呦
jo*n.hwa.he*.yo
打電話給我

詞　彙	전화하다 [動詞]
解　釋	打電話

相關例句

例 무슨 일 있으면 언제든지 전화해요.
母森　衣　里思謬恩　翁賊等基　蟲花黑呦
mu.seun/i/ri.sseu.myo*n/o*n.je.deun.ji/jo*n.hwa.
he*.yo
如果有什麼事，隨時打電話給我。

例 두 번 다시 나한테 전화하지 마.
吐　崩　他西　那憨貼　蟲花哈基　馬
du/bo*n/da.si/na.han.te/jo*n.hwa.ha.ji/ma
你不要再打電話給我了。

會話

Ⓐ 조심히 가. 도착하면 전화하고.
醜西咪　卡　投擦卡謬恩　蟲花哈夠
jo.sim.hi/ga//do.cha.ka.myo*n/jo*n.hwa.ha.go
小心慢走，到了打電話給我。

Ⓑ 알았어요. 갈게요.
阿拉搜呦　卡兒給呦
a.ra.sso*.yo//gal.ge.yo
知道了，我走了。

生活會話

전화 좀 받아 줘.
蟲花 綜 怕答 左
jo*n.hwa/jom/ba.da/jwo
幫我接電話

慣用句	전화를 받다
解 釋	接電話

相關例句

例 왜 전화 안 받아요?
　 為 蟲花 安 怕打呦
　 we*/jo*n.hwa/an/ba.da.yo
　 你為什麼不接電話？

例 전화 왔어요. 전화 받으세요.
　 蟲花 哇搜呦 蟲花 怕的誰呦
　 jo*n.hwa/wa.sso*.yo//jo*n.hwa/ba.deu.se.yo
　 電話響了，請接電話。

會 話

Ⓐ 여보, 전화 좀 받아.
　 呦播 蟲花 綜 怕打
　 yo*.bo/jo*n.hwa/jom/ba.da
　 老公，接一下電話。

Ⓑ 이 시간에 누구지?
　 衣 西乾內 努估基
　 i/si.ga.ne/nu.gu.ji
　 這個時間是誰啊？

生活會話

전화번호가 어떻게 되세요?
寵花崩厚嘅　喔豆K　腿誰呦
jo*n.hwa.bo*n.ho.ga/o*.do*.ke/dwe.se.yo
您的電話號碼？

詞　彙	전화번호　[名詞]
解　釋	電話號碼

相關例句

例 전화번호 좀 알려 주세요.
寵花崩厚　綜　阿兒六　租誰呦
jo*n.hwa.bo*n.ho/jom/al.lyo*/ju.se.yo
請告訴我您的電話號碼。

例 제가 전화번호를 바꿨어요.
賊嘅　寵花崩厚惹　怕果搜呦
je.ga/jo*n.hwa.bo*n.ho.reul/ba.gwo.sso*.yo
我換電話號碼了。

會　話

Ⓐ 전화번호가 어떻게 되세요?
寵花崩厚嘅　喔豆K　腿誰呦
jo*n.hwa.bo*n.ho.ga/o*.do*.ke/dwe.se.yo
您的電話號碼？

Ⓑ 0920-123-456 입니다.
空哭衣公A　衣里三妹　沙歐U影你打
gong.gu.i.gong.e/i.ri.sa.me/sa.o.yu.gim.ni.da
0920-123-456。

※電話號碼數字間的「-」寫法為「의」，念法為
　「에」

道別、分開

잘 가요.
插兒 嘎呦
jal/ga.yo
再見、慢走

詞　彙	잘 [副詞]
解　釋	好好地、很好地

相關例句

例 조심해서 잘 가요.
醜心黑搜　插兒　嘎呦
jo.sim.he*.so*/jal/ga.yo
小心慢走。

例 잘 가요. 또 만나요.
插兒　嘎呦　豆　蠻那呦
jal/ga.yo//do/man.na.yo
慢走，再見！

會　話

Ⓐ 안녕. 내일 봐.
安妞　內衣兒　爸
an.nyo*ng//ne*.il/bwa
拜拜，明天見。

Ⓑ 그래, 내일 봐.
可累　內衣兒　爸
geu.re*//ne*.il/bwa
恩，明天見。

道別、分開

내일 봐요
內衣兒　怕呦
ne*.il/bwa.yo
明天見

| 詞　彙 | 보다 [動詞] |
| 解　釋 | 看、觀看、見面 |

相關例句

例 집에 들어가 보겠습니다. 내일 뵙시다.

難杯　特囉嘰　波給森你打　內衣兒　配不系打
ji.be/deu.ro*.ga/bo.get.sseum.ni.da//ne*.il/bwep.ssi.da

我回家了，明天見。

例 그럼 이만 갈게. 내일 보자.

可攏　衣慢　卡兒給　內衣兒　波渣
geu.ro*m/i.man/gal.ge//ne*.il/bo.ja

那我先走了，明天見。

會　話

Ⓐ 모두들 수고했어요. 내일 봐요.

撲肚的兒　酥勾黑搜呦　內衣兒　怕呦
mo.du.deul/ssu.go.he*.sso*.yo//ne*.il/bwa.yo

大夥辛苦了，明天見。

Ⓑ 안녕히 가세요.

安妞衣　卡誰呦
an.nyo*ng.hi/ga.se.yo

再見！

道別、分開

폭 쉬어요.
撲 需喔呦
puk/swi.o*.yo
好好休息吧！

詞　彙	쉬다 [動詞]
解　釋	休息、歇息

會話一

Ⓐ 오늘은 수고가 많았어. 내일 회사에서 봐.
歐呢冷　酥勾嘎　馬那搜　內衣兒　灰沙A搜　怕
o.neu.reun/su.go.ga/ma.na.sso*//ne*.il/hwe.sa.e.so*/bwa
今天你辛苦了，明天公司見。

Ⓑ 네, 과장님도 얼른 들어가서 폭 쉬세요.
內　誇髒您豆　喔兒冷　特囉嘎搜　鋪　需誰呦
ne//gwa.jang.nim.do/o*.l.leun/deu.ro*.ga.so*/puk/
swi.se.yo
好的，課長您也趕快回去好好休息。

會話二

Ⓐ 그냥 위통이야. 좀 쉬면 돼.
可釀　烏衣痛衣呀　綜　需謬　腿
geu.nyang/wi.tong.i.ya//jom/swi.myo*n/dwe*
只是胃痛而已，我休息一會就好了。

Ⓑ 너 오늘 무조건 집에서 하루 폭 쉬어. 알았어?
NO　歐呢　母鄒拱　基杯搜　哈魯　鋪　需喔　啊
拉搜
no*/o.neul/mu.jo.go*n/ji.be.so*/ha.ru/puk/swi.o*//
a.ra.sso*
你今天一定要在家裡休息一天，知道嗎？

道別、分開

다시 연락할게요.

他西 呦兒拉卡兒給呦

da.si/yo*l.la.kal.ge.yo

我會再連絡你

詞　彙	다시　[副詞]
解　釋	再、又、重新

2. 生活應用會話 ❷❷❸

相關例句

例 다시 연락드리겠습니다.

他西 呦兒拉的里給森你打

da.si/yo*l.lak.deu.ri.get.sseum.ni.da

我會再連絡您。

例 다시 나한테 연락하지 마. 알겠어?

他西 那憋貼 呦兒拉卡基 馬 啊兒給搜

da.si/yo*l.lak.deu.ri.get.sseum.ni.da

你不要再跟我聯絡了，知道嗎？

會 話

Ⓐ 우리 계속 연락하고 지내요.

五里 Ｋ嗽 呦兒拉卡勾 七累呦

u.ri/ge.sok/yo*l.la.ka.go/ji.ne*.yo

我們保持聯絡。

Ⓑ 네, 그럼 몸조심하고 안녕히 가세요.

內 可龍 盟揍心哈勾 安妞衣 卡誰呦

ne//geu.ro*m/mom.jo.sim.ha.go/an.nyo*ng.hi.ga.se.yo

好的！那麼，您要注意身體，慢走！

道別、分開

갈게요.
卡兒給呦
gal.ge.yo
我走了

語法解釋	動詞語幹＋(으)ㄹ게요.
	表示第一人稱（我）的意志或意願，同時向聽話者做出承諾。

會話一

Ⓐ 난 알바 있어서 먼저 갈게요.
男　啊兒爸　衣搜搜　盟走　卡兒給呦
nan/al.ba/i.sso*.so*/mo*n.jo*/gal.ge.yo
我有打工先走了。

Ⓑ 어. 내일 보자.
喔　內衣兒　波渣
o*//ne*.il/bo.ja
好，明天見！

會話二

Ⓐ 너 아직 안 가고 뭐하냐?
NO　啊寄　安　卡勾　魔哈娘
no*/a.jik/an/ga.go/mwo.ha.nya
你幹嘛還不走？

Ⓑ 가야 돼? 알았어. 갈게.
卡呀　對　阿拉搜　卡兒給
ga.ya/dwe*//a.ra.sso*//gal.ge
一定要走嗎？好啦，我走了。

道別、分開

가야겠어요

卡呀給搜呦

ga.ya.ge.sso*.yo

我該走了

| 語 法 解 釋 | 겠 [語尾] 表示主體意志或推測未來的先行語尾。 |

相關例句

例 그만 가야겠어요. 다음에 또 한잔 해요.

可慢 卡呀給搜呦 他嗯妹 豆 憨髒 黑呦

geu.man/ga.ya.ge.sso*.yo//da.eu.me/do/han/jan/he*.
yo

我該走了，下次再一起喝一杯。

例 오늘은 그만하고 집에 가야겠어요.

歐呢冷 可慢哈勾 己杯 卡呀給搜呦

o.neu.reun/geu.man.ha.go/ji.be/ga.ya.ge.sso*.yo

今天就做到這裡，我該回家了。

會 話

Ⓐ 나는 볼일이 있어서 먼저 가야겠어요.

哪能 波里里 衣搜搜 盟走 卡呀給搜呦

na.neun/bo.ri.ri/i.sso*.so*/mo*n.jo*/ga.ya.ge.sso*.
yo

我有事要辦，先走了。

Ⓑ 그래요. 잘 가요.

可累呦 插兒 嘎呦

geu.re*.yo//jal/ga.yo

好的，你慢走。

道別、分開

이만 가 보겠습니다.
衣慢 卡 播給森你打
i.man/ga/bo.get.sseum.ni.da
我先離開了

詞 彙	이만 [副詞]
解 釋	到這裡、到此程度

相關例句

例 제가 먼저 가 볼게요. 나중에 봐요.
賊嘎 盟走 卡 播兒給呦 那尊A 怕呦
je.ga/mo*n.jo*/ga/bol.ge.yo//na.jung.e/bwa.yo
我先走了,再見!

例 그럼 전 먼저 실례하겠습니다.
可龍 寵 盟走 西兒累哈給森你打
geu.ro*m/jo*n/mo*n.jo*/sil.lye.ha.get.sseum.ni.da
那我先告辭了。

會 話

Ⓐ 늦었으니 그만 돌아가요.
呢走思你 可慢 投拉嘎呦
neu.jo*.sseu.ni/geu.man/do.ra.ga.yo
很晚了,你回去吧。

Ⓑ 그럼 이만 가 보겠습니다. 안녕히 계세요.
可龍 衣慢 卡 播給森你打 安妞衣 K誰呦
geu.ro*m/i.man/ga/bo.get.sseum.ni.da//an.nyo*ng.
hi/ge.se.yo
那我先走了,再見。

道別、分開

집에 가고 싶어요.

基杯 卡勾 西破呦

ji.be/ga.go/si.po*.yo

我想回家

慣用句	집에 가다
解 釋	回家

相關例句

例 오늘 집에 가고 싶지 않아요.

歐呢 基杯 卡勾 西基 阿那呦

o.neul/jji.be/ga.go/sip.jji/a.na.yo

今天我不想回家。

例 애들아, 이제 집에 갈 시간이에요.

耶的拉 衣賊 基杯 卡兒 西嘎你耶呦

ye*.deu.ra//i.je/ji.be/gal/ssi.ga.ni.e.yo

孩子們,你們該回家了。

會 話

A 너 집에 안 가?

NO 基杯 安 嘎

no*/ji.be/an/ga

你不回家嗎?

B 가야지. 내일 보자.

卡呀 幾 累衣兒 播渣

ga.ya/ji//ne*.il/bo.ja

要回去啊,明天見!

▌工作

> 많이 바쁘세요?
> 馬你　怕奔誰呦
> ma.ni/ba.beu.se.yo
> 您很忙嗎？

詞　彙	많이　[副詞]
解　釋	多地、不少、很（表示數量、分量或程度比一般的基準要高）

相關例句

例 말 걸지 마! 난 바빠!
馬兒　口兒基　馬　男　怕爸
mal/go*l.ji/ma//nan/ba.ba
別跟我講話，我很忙！

例 지금 많이 바쁘세요?
七根　馬你　怕奔誰呦
ji.geum/ma.ni/ba.beu.se.yo
您現在很忙嗎？

會 話

Ⓐ 요즘 바빠요?
呦贈　趴爸呦
yo.jeum/ba.ba.yo
你最近忙嗎？

Ⓑ 네, 기말 시험이 있거든요.
內　可衣馬西烘咪　衣勾等妞
ne//gi.mal/ssi.ho*.mi/it.go*.deu.nyo
恩，因為有期末考。

工作

바빠요.

怕爸呦

ba.ba.yo

很忙、忙碌

詞 彙 解 釋	바쁘다 [形容詞] 忙、忙碌

會話一

Ⓐ 너 요즘 왜 통 연락이 없어?

樓 呦贈 為 通 庸拉個衣 喔不搜

no*/yo.jeum/we*/tong/yo*l.la.gi/o*p.sso*

你最近為什麼完全沒聯絡我？

Ⓑ 미안해요. 요즘은 너무 바빠요.

咪安內呦 呦贈悶 樓木 怕爸呦

mi.an.he*.yo//yo.jeu.meun/no*.mu/ba.ba.yo

對不起，最近太忙了。

會話二

Ⓐ 오빠, 바빠?

歐爸 怕爸

o.ba//ba.ba

哥，你忙嗎？

Ⓑ 안 바빠. 왜?

安 怕爸 為

an/ba.ba//we*

不忙，怎麼了？

工作

수고했어요.

酥勾黑搜呦

su.go.he*.sso*.yo

辛苦了

詞 彙	수고하다 [動詞]
解 釋	辛苦、麻煩、辛勞

相關例句

例 나영 씨. 정말 수고하셨습니다.

那庸 系 寵馬兒 酥勾哈休森你打

na.yo*ng/ssi//jo*ng.mal/ssu.go.ha.syo*t.sseum.ni.
da

娜英小姐,您真的辛苦了。

例 오늘 대단히 수고 많으셨습니다.

歐呢 貼單你 酥勾 馬呢休森你打

o.neul/de*.dan.hi/su.go/ma.neu.syo*t.sseum.ni.da

今天您實在辛苦了。

會 話

Ⓐ 오늘 하루 종일 수고했어요.

歐呢 哈魯宗衣兒 酥勾黑搜呦

o.neul/ha.ru.jong.il/su.go.he*.sso*.yo

今天一整天你辛苦了。

Ⓑ 아닙니다. 그럼 퇴근하겠습니다.

啊您你打 可龍 推跟哈給森你打

a.nim.ni.da//geu.ro*m/twe.geun.ha.get.sseum.ni.da

不會,那麼我先下班了。

工作

시작합시다.

西渣卡不系打

si.ja.kap.ssi.da

我們開始吧

詞 彙	시작하다 [動詞]
解 釋	開始

相關例句

例 다시 처음부터 시작하자.

他西 抽恩鋪投 西渣卡渣

da.si/cho*.eum.bu.to*/si.ja.ka.ja

我們再重新開始吧。

例 최대한 빨리 시작하시죠.

催参憨 爸兒里 西渣卡西教

chwe.de*.han/bal.li/si.ja.ka.si.jyo

您盡量快點開始。

會 話

Ⓐ 자, 우리 시작합시다.

插 烏里 西渣卡不系打

ja//u.ri/si.ja.kap.ssi.da

來，我們開始吧。

Ⓑ 잠깐만요. 전 아직 준비 안 됐습니다.

蟬乾滿妞 寵 阿寄 尊遍 安 對森你打

jam.gan.ma.nyo//jo*n/a.jik/jun.bi/an/dwe*t.sseum.

ni.da

等一下，我還沒準備好。

工作

빨리요.
爸兒里呦
bal.li.yo
快點！

詞　彙	빨리 [副詞]
解　釋	趕緊、趕快

相關例句

例 이리 와요. 빨리!

衣里 哇呦 爸兒里
i.ri/wa.yo//bal.li
過來這裡，快點！

會 話

Ⓐ 엄마, 내 교복 어디에 있어요?

翁罵 累 可呦播 喔低耶 衣搜呦
o*m.ma//ne*/gyo.bok/o*.di.e/i.sso*.yo
媽，我的校服在哪裡？

Ⓑ 빨래건조대에 있지.

爸兒累拱揍參A 衣基
bal.le*.go*n.jo.de*.e/it.jji
在曬衣台上。

Ⓐ 저 늦었어요. 빨리 주세요. 빨리요.

醜 呢走搜呦 爸兒里 租誰呦 爸兒里呦
jo*/neu.jo*.sso*.yo//bal.li/ju.se.yo//bal.li.yo
我要遲到了，快點拿給我，快點！

工作

오늘 밤새야 돼요.
歐呢 盤誰呀 腿呦
o.neul/bam.se*.ya/dwe*.yo
今天要熬夜

慣用句	밤을 새다
解 釋	熬夜、通宵

會話一

Ⓐ 준석아, 오늘은 밤새지 말고 일찍 자.
尊搜嘎 歐呢冷 盤誰基 馬兒夠 衣兒寄 插
jun.so*.ga//o.neu.reun/bam.se*.ji/mal.go/il.jjik/ja
俊錫，你今天不要熬夜，早點睡。

Ⓑ 알았어요.
阿拉搜呦
a.ra.sso*.yo
我知道了。

會話二

Ⓐ 안 자고 뭐해?
安 插夠 魔黑
an/ja.go/mwo.he*
你不睡覺在幹嘛？

Ⓑ 난 숙제 엄청 많아. 밤새 해야 할 것 같아.
囊 速賊 翁匆 蠻那 盤誰 黑呀 哈兒 狗 嘎 踏
nan/suk.jje/o*m.cho*ng/ma.na//bam.se*/he*.ya/hal/go*t/ga.ta
我作業很多，似乎得熬夜了。

工作

아주 잘했어요.
阿租　插累搜呦
a.ju/jal.he*.sso*.yo
你做得很好

詞　彙	잘하다 [動詞]
解　釋	①做得很好②擅長做…

相關例句

例 참 잘하셨어요.
燦　差拉休搜呦
cham/jal.ha.ssyo*.sso*.yo
您做得很好！

例 정말 잘했어.
寵馬兒　插累搜
jo*ng.mal/jjal.he*.sso*
你真的做得很好！

會　話

Ⓐ 공연은 아주 잘했어요.
空唷能　阿租　插累搜呦
gong.yo*.neun/a.ju/jal.he*.sso*.yo
表演得很棒！

Ⓑ 고맙습니다. 앞으로도 열심히 하겠습니다.
口罵不森你打　阿濱漏豆　唷兒西咪　哈給森你打
go.map.sseum.ni.da//a.peu.ro.do/yo*l.sim.hi/ha.get.
sseum.ni.da
謝謝，以後也會繼續努力的。

2
3
4

• track 108

工作

최선을 다 하겠어요.

催搜呢 他 哈給搜呦

chwe.so*.neul/da/ha.ge.sso*.yo

我會全力以赴的

詞 彙	최선 [名詞]
解 釋	最佳、最好、最棒

相關例句

例 최선을 다 할게. 너무 걱정하지 마.

催搜呢 他 哈給 NO兒 口宗哈基 馬

chwe.so*.neul/da/hal.ge//no*.mu/go*k.jjo*ng.ha.ji/
ma

我會盡力去做的，你不用太擔心。

例 최선을 다 해 보겠습니다.

催搜呢 他 黑 播給森你打

chwe.so*.neul/da/he*/bo.get.sseum.ni.da

我會盡力去試試看的。

會 話

Ⓐ 정말 잘할 수 있겠어?

寵馬兒 擦拉兒 酥 意意搜

jo*ng.mal/jjal.hal/ssu/it.ge.sso*

你真的可以做得好嗎？

Ⓑ 예, 잘할 수 있도록 최선을 다 하겠어요.

耶 擦拉兒 酥 意豆漏 催搜呢 他 哈給搜呦

ye//jal.hal/ssu/it.do.rok/chwe.so*.neul/da/ha.ge.
sso*.yo

對，我會盡力做好的。

工作

회사에서 잘렸다.
灰沙A搜　渣兒溜打
hwe.sa.e.so*/jal.lyo*t.da
被公司裁員了

詞 彙	잘리다 [動詞]
解 釋	被裁員、被開除、被炒魷魚、被切斷

相關例句

例 사장님! 제발 절 자르지 마세요.
沙髒您　賊爸兒　醜兒　插了基　馬誰呦
sa.jang.nim//je.bal/jjo*l/ja.reu.ji/ma.se.yo
總經理，拜託不要開除我。

例 회사에서 잘릴까 봐 너무 불안합니다.
灰沙A搜　插兒里兒嘎爸　NO母　鋪郎憨你打
hwe.sa.e.so*/jal.lil.ga.bwa/no*.mu/bu.ran.ham.ni.da
擔心被公司裁員，非常不安。

會 話

Ⓐ 너 대낮부터 왠 술이야?
NO　貼那不投　喂　酥里呀
no*/de*.nat.bu.to*/we*n/su.ri.ya
你大白天的為什麼喝酒？

Ⓑ 나 회사에서 잘렸거든.
那　灰沙A搜　插兒六夠等
na/hwe.sa.e.so*/jal.lyo*t.go*.deun
我被公司開除了。

用餐、喝酒

배 불러요.

陪撲兒囉呦

be*.bul.lo*.yo

吃飽了

詞 彙	배 부르다 [形容詞]
解 釋	吃飽、肚子飽

會話一

Ⓐ 좀더 드시겠어요?

綜投　特西給搜呦

jom.do*/deu.si.ge.sso*.yo

您還要再吃一點嗎？

Ⓑ 아닙니다. 배가 불러서 더 이상은 못 먹겠습니다.

啊您你打　陪嘎　撲囉搜　投　以上恩　盟　末給森你打

a.nim.ni.da//be*.ga/bul.lo*.so*/do*/i.sang.eun/mon/mo*k.get.sseum.ni.da

不了，我吃飽了，已經吃不下了。

會話二

Ⓐ 더 먹을래요?

投　撲哥兒累呦

do*/mo*.geul.le*.yo

還要吃嗎？

Ⓑ 아니에요. 배 불러요.

啊你耶呦　陪撲囉呦

a.ni.e.yo//be*.bul.lo*.yo

不了，我吃飽了。

用餐、喝酒

배 고파요.
陪夠怕呦
be*.go.pa.yo
我餓了

| 詞　彙 | 배 고프다 [形容詞] |
| 解　釋 | 肚子餓、飢餓 |

相關例句

例 배 고파. 밥 줘!
　 陪夠怕　怕不　左
　 be*.go.pa//bap/jwo
　 我餓了，給我飯！

例 아. 배 고프다. 뭐 먹지?
　 啊　陪夠噴打　魔　末基
　 a//be*.go.peu.da//mwo/mo*k.jji
　 啊～餓了，吃什麼好呢？

會　話

Ⓐ 배 안 고파요? 우리 뭐 먹지 않을래요?
　 陪　安　夠怕呦　五里　魔　末難　啊呢累呦
　 be*/an/go.pa.yo?/u.ri/mwo/mo*k.jji/a.neul.le*.yo
　 你肚子不餓嗎？我們要不要吃點什麼？

Ⓑ 그래. 나가서 먹자.
　 可累　哪嘎搜　抹渣
　 geu.re*//na.ga.so*/mo*k.jja
　 好啊，我們出去吃吧。

用餐、喝酒

밥 사 주세요.

怕不 沙 租誰呦

bap/sa/ju.se.yo

請我吃飯

詞 彙	사 주다 [動詞]
解 釋	買給…

會話一

Ⓐ 이따가 우리 밥 좀 사 주세요.

衣打嘎 五里 怕不 綜 沙 組誰呦

i.da.ga/u.ri/bap/jom/sa/ju.se.yo

待會請我們吃飯吧。

Ⓑ 그래. 오랜만에 맛있는 거 먹자.

可累 歐勒馬內 馬心能 狗 末渣

geu.re*//o.re*n.ma.ne/ma.sin.neun/go*/mo*k.jja

好，我們很久沒吃好吃的了。

會話二

Ⓐ 나 치킨 먹고 싶다. 사 줘.

那 七可銀 末夠 西不打 沙 左

na/chi.kin/mo*k.go/sip.da//sa/jwo

我想吃炸雞，請我吃。

Ⓑ 안 돼. 치킨 많이 먹으면 살쪄.

安 對 七可銀 馬你 摸哥謬 沙兒捧

an/dwe*//chi.kin/ma.ni/mo*.geu.myo*n/sal.jjo*

不行，吃太多炸雞會變胖。

用餐、喝酒

내가 쏠게.
累嘎　嗽兒給
ne*.ga/ssol.ge
我請客

慣用句	한 턱 쏘다
解　釋	請吃飯、請客

※한 턱 쏘다與「한 턱 내다（請吃飯）」同義

相關例句

例 민수 씨는 언제 한 턱 낼 거예요?
民酥　系能　翁賊　慈通　累兒　狗耶呦
min.su/ssi.neun/o*n.je/han.to*ng/ne*l/go*.ye.yo
民秀先生你什麼時候要請客？

例 내가 저녁 살게요.
累嘎　醜妞　沙兒給呦
ne*.ga/jo*.nyo*k/sal.ge.yo
我請你吃晚餐。

會　話

A 오늘은 내가 쏠게.
歐呢冷　累嘎　嗽兒給
o.neu.reun/ne*.ga/ssol.ge
今天我請客。

B 고마워. 다음에는 내가 낼게.
口媽我　他恩妹能　累嘎　累兒給
go.ma.wo//da.eu.me.neun/ne*.ga/ne*l.ge
謝謝，下次我請。

用餐、喝酒

더치페이하자.

投氣配衣哈渣

do*.chi.pe.i.ha.ja

我們各自付款吧

詞彙解釋	더치페이 各自付費、費用各自負擔

※與「각자내기（各自付款）」同義

相關例句

例 각자 내요.

卡炸 累呦

gak.jja/ne*.yo

我們各付各的吧。

會話

A 오늘 내가 살게.

歐呢 累嘎 沙兒給

o.neul/ne*.ga/sal.ge

今天我請客。

B 아니에요. 더치페이 해요.

阿你耶呦 投氣配衣 黑呦

a.ni.e.yo//do*.chi.pe.i/he*.yo

不，我們各付各的吧。

A 괜찮아. 오빠가 살게.

虧參那 歐爸嘎 沙兒給

gwe*n.cha.na//o.ba.ga/sal.ge

沒關係，哥哥（我）來買單。

用餐、喝酒

> 뭐 먹고 싶어요?
> 魔 末勾 西波呦
> mwo/mo*k.go/si.po*.yo
> 你想吃什麼？

語　法	動詞語幹＋고 싶다
解　釋	想做…、想要…（表示談話者的希望、願望）

會話一

Ⓐ 뭐 먹고 싶어요?
　 魔 末勾 西波呦
　 mwo/mo*k.go/si.po*.yo
　 你想吃什麼？

Ⓑ 피자를 먹고 싶어요.
　 匹紫惹 末勾 西波呦
　 pi.ja.reul/mo*k.go/si.po*.yo
　 我想吃披薩。

會話二

Ⓐ 배고프다. 뭐 먹을까?
　 陪勾噴打 魔 撲哥兒嘎
　 be*.go.peu.da//mwo/mo*.geul.ga
　 肚子餓了，我們要吃什麼？

Ⓑ 오늘은 언니가 먹고 싶은 걸로 먹어요.
　 歐呢冷 翁你嘎 撲勾 西噴 狗兒漏 撲狗呦
　 o.neu.reun/o*n.ni.ga/mo*k.go/si.peun/go*l.lo/mo*.
　 go*.yo
　 今天吃姊姊（你）想吃的吧。

2
4
2

用餐、喝酒

저는 새우를 못 먹어요.

醜能　誰烏惹　盟　摸狗呦

jo*.neun/se*.u.reul/mon/mo*.go*.yo

我不敢吃蝦

詞　彙	못　[副詞]
解　釋	無法、沒能、不能

相關例句

例 못 드시는 게 있으시다면 말씀해 주세요.

末　的西能　給　衣思西打謬　馬兒思妹　租誰呦

mot/deu.si.neun/ge/i.sseu.si.da.myo*n/mal.sseum.
he*/ju.se.yo

如果您有不敢吃的，請跟我說。

例 미안해요. 나는 술을 못 마셔요.

咪安黑呦　那能　酥惹　盟　馬秀呦

mi.an.he*.yo//na.neun/su.reul/mon/ma.syo*.yo

對不起，我不會喝酒。

會 話

Ⓐ 혹시 매운 거 못 드세요?

厚系　妹溫　狗　末　的誰呦

hok.ssi/me*.un/go*/mot/deu.se.yo

您不敢吃辣嗎？

Ⓑ 네, 저는 매운 걸 잘 못 먹어요.

內　醜能　妹溫　狗兒　插兒　盟　摸狗呦

ne//jo*.neun/me*.un/go*l/jal/mon/mo*.go*.yo

對，我不太敢吃辣。

用餐、喝酒

저는 매운 거 잘 먹어요.
醜能　妹溫　狗　插兒　摸狗呦
jo*.neun/me*.un/go*/jal/mo*.go*.yo
我很會吃辣

慣用句	잘 먹다
解　釋	愛吃、很會吃、喜歡吃、吃得好

相關例句

例 나는 아무거나 다 잘 먹어요.
那能　阿母狗那　他　插兒　摸狗呦
na.neun/a.mu.go*.na/da/jal/mo*.go*.yo
我什麼都吃。

會 話

Ⓐ 저는 매운 음식을 좋아해요.
醜能　妹溫　恩系哥　醜阿黑呦
jo*.neun/me*.un/eum.si.geul/jjo.a.he*.yo
我喜歡吃辣。

Ⓑ 그럼 한국 음식도 잘 드시나요?
可龍　憨估　恩系豆　插兒　的西那呦
geu.ro*m/han.guk/eum.sik.do/jal/deu.si.na.yo
那您也愛吃韓國菜嗎？

Ⓐ 네, 한국 음식도 잘 먹어요.
內　憨估　恩系豆　插兒　摸狗呦
ne//han.guk/eum.sik.do/jal/mo*.go*.yo
對，我也愛吃韓國菜。

用餐、喝酒

맛있어요.

馬西搜呦

ma.si.sso*.yo

好吃

詞　彙	맛있다 [形容詞]
解　釋	好吃、美味、有味道

相關例句

例 "맛있어요?" "너무 맛있어요."

馬西搜呦　NO母　馬西搜呦

ma.si.sso*.yo//no*.mu/ma.si.sso*.yo

「好吃嗎？」「太好吃了」

例 맛이 괜찮네요.

馬西　虧餐內呦

ma.si/gwe*n.chan.ne.yo

味道不錯呢！

例 먹을수록 점점 더 맛있어져요.

摸哥酥漏　寵宗　投　馬西搜救呦

mo*.geul.ssu.rok/jo*m.jo*m/do*/ma.si.sso*.jo*.yo

越吃越好吃。

例 맛있지만 조금 매워요.

馬西基慢　醜跟　妹我呦

ma.sit.jji.man/jo.geum/me*.wo.yo

好吃可是有點辣。

用餐、喝酒

맛없어요.
馬豆不搜呦
ma.do*p.sso*.yo
難吃

詞 彙 解 釋	맛없다 [形容詞] 不好吃、難吃、沒味道

※맛없다的發音為「마덥따」

相關例句

例 맛이 없어서 더 이상 못 먹겠어요.
馬西 喔不搜搜 投 以上 盟 末給搜呦
ma.si/o*p.sso*.so*/do*/i.sang/mon/mo*k.ge.sso*.yo
很難吃，我再也吃不下去了。

例 병원 밥이 싱거워서 맛이 없어요.
匹庸我恩 怕逼 新勾我搜 馬西 喔不搜呦
byo*ng.won/ba.bi/sing.go*.wo.so*/ma.si/o*p.sso*.yo
醫院的飯沒味道，很難吃。

會 話

Ⓐ 아버님도 요리할 줄 아시는군요.
阿波您豆 呦里哈兒 租兒 阿西能古妞
a.bo*.nim.do/yo.ri.hal/jjul/a.si.neun.gu.nyo
原來你爸爸也會做菜呢！

Ⓑ 네, 근데 맛 별로 없어요.
內 肯貼 馬 匹唷兒漏 喔不搜呦
ne//geun.de/mat/byo*l.lo/o*p.sso*.yo
會，但是不怎麼好吃。

用餐、喝酒

입맛이 없어요.
影馬西　喔不搜呦
im.ma.si/o*p.sso*.yo
沒有胃口

詞　彙	입맛 [名詞]
解　釋	口味、味道

相關例句

例 먹고 싶지 않아요.
末夠　西不基　阿那呦
mo*k.go/sip.jji/a.na.yo
我不想吃。

會　話

Ⓐ 왜 안 먹어요? 맛없어요?
為　安　摸狗呦　媽豆不搜呦
we*/an/mo*.go*.yo//ma.do*p.sso*.yo
你為什麼不吃？不好吃嗎？

Ⓑ 아니요, 그냥 입맛이 없어요.
阿你呦　可釀　影馬西　喔不搜呦
a.ni.yo//geu.nyang/im.ma.si/o*p.sso*.yo
不是，我只是沒胃口而已。

Ⓐ 어디 아파요?
喔低　阿怕呦
o*.di/a.pa.yo
你哪裡不舒服嗎？

用餐、喝酒

너무 매워요.
NO木　妹我呦
no*.mu/me*.wo.yo
太辣了

詞　彙 解　釋	맵다 [形容詞] 辣

相關例句

例 너무 달아요.
NO木　他拉呦
no*.mu/da.ra.yo
太甜了。

例 좀 짜네요.
綜　渣內呦
jom/jja.ne.yo
有點鹹呢！

會 話

Ⓐ 너무 맵죠?
NO木　妹不救
no*.mu/me*p.jjyo
太辣了對吧？

Ⓑ 아니요. 안 매워요. 맛있어요.
阿你呦　安　妹我呦　馬西搜呦
a.ni.yo//an/me*.wo.yo//ma.si.sso*.yo
不會，不辣，很好吃。

2
4
8

用餐、喝酒

잘 먹겠습니다.

插兒 末給森你打

jal/mo*k.get.sseum.ni.da

我要開動了

詞　彙	먹다 [動詞]
解　釋	吃、吃東西

相關例句

例 잘 먹었습니다.

插兒 末勾森你打

jal/mo*.go*t.sseum.ni.da

我吃得很好（我吃飽了，謝謝）。

例 맛있겠다! 잘 먹겠습니다.

馬西給打 插兒 末給森你打

ma.sit.get.da//jal/mo*k.get.sseum.ni.da

看起來好好吃，我開動了。

會　話

Ⓐ 잘 먹겠습니다.

插兒 末給森你打

jal/mo*k.get.sseum.ni.da

我開動了。

Ⓑ 그래, 많이 먹어라.

可累 馬你 撲狗拉

geu.re*//ma.ni/mo*.go*.ra

恩，多吃點！

用餐、喝酒

많이 드세요.
馬你 特誰呦
ma.ni/deu.se.yo
您多吃點

詞 彙	많이 [副詞]
解 釋	多多地

相關例句

例 좀 더 드세요.
綜 投 特誰呦
jom/do*/deu.se.yo
您再吃一點吧。

例 많이 먹지 마.
馬你 末幾 馬
ma.ni/mo*k.jji/ma
別吃太多。

會 話

Ⓐ 너도 많이 먹어라.
NO豆 馬你 摸狗辣
no*.do/ma.ni/mo*.go*.ra
你也多吃點。

Ⓑ 예, 어머님.
耶 喔摸您
ye//o*.mo*.nim
好的,媽媽。

用餐、喝酒

이걸로 주세요.
衣狗兒漏　租誰呦
i.go*l.lo/ju.se.yo
請給我這個

詞彙解釋	이것 [代名詞] 這個

※이걸로為이것으로的略語

會話

Ⓐ 뭘 드시겠어요?
摸兒　特西給搜呦
mwol/deu.si.ge.sso*.yo
您要吃什麼？

Ⓑ 이걸로 주세요.
衣狗兒漏　租誰呦
i.go*l.lo/ju.se.yo
請給我這個。

Ⓑ 짬뽕하고 탕수육을 주세요.
張蹦哈勾　湯酥U哥　租誰呦
jjam.bong.ha.go/tang.su.yu.geul/jju.se.yo
請給我海鮮炒碼麵和糖醋肉。

Ⓑ 군만두 부탁합니다.
捆慢賭　撲他砍你打
gun.man.du/bu.ta.kam.ni.da
請給我炸餃子。

用餐、喝酒

천천히 드세요.
蔥蔥你　特誰呦
cho*n.cho*n.hi/deu.se.yo
請慢用

詞　彙	드시다　[動詞]
解　釋	吃、喝

※드시다為먹다（吃）和마시다（喝）的敬語

相關例句

例 맛있게 드세요.
馬西給　特誰呦
ma.sit.ge/deu.se.yo
請好好享用。（請慢用，別客氣）

會 話

Ⓐ 부대찌개가 나왔습니다.
撲貼基給嘎　哪哇森你打
bu.de*.jji.ge*.ga/na.wat.sseum.ni.da
部隊鍋上菜了。

Ⓐ 천천히 드세요.
蔥蔥你　特誰呦
cho*n.cho*n.hi/deu.se.yo
請慢用。

Ⓑ 고맙습니다.
口媽布森你打
go.map.sseum.ni.da
謝謝你。

用餐、喝酒

한번 먹어 봐요.
憨崩　末勾　爸呦
han.bo*n/mo*.go*/bwa.yo
你嚐嚐看

| 慣用句 | 먹어 보다 |
| 解　釋 | 吃看看、嚐嚐看 |

會話一

Ⓐ 내가 김치찌개를 끓였는데 한번 먹어 봐.
累嘎　可銀氣基給蔥　哥溜能貼　憨崩　摸勾　爸
ne*.ga/gim.chi.jji.ge*.reul/geu.ryo*n.neun.de/han.
bo*n/mo*.go*/bwa
我煮了泡菜鍋，你嚐嚐看。

Ⓑ 너무 짜요.
NO母　渣呦
no*.mu/jja.yo
太鹹了。

會話二

Ⓐ 이거 한번 드셔 보세요.
衣狗　憨崩　特休　播誰呦
i.go*/han.bo*n/deu.syo*/bo.se.yo
您嚐嚐看這個。

Ⓑ 좀 싱겁지만 맛있어요.
綜　新狗幾慢　馬西搜呦
jom/sing.go*p.jji.man/ma.si.sso*.yo
味道有點淡，但很好吃。

● 用餐、喝酒

한잔 하자.
憨髒 哈渣
han.jan/ha.ja
我們去喝杯酒吧

慣用句	한잔 하다
解　釋	喝一杯、小酌、喝酒（한잔的意思為「一杯」）

相關例句

例 이따 밤에 같이 술이나 한잔 하자.
衣打　怕妹　卡氣　酥里那　憨髒　哈渣
i.da/ba.me/ga.chi/su.ri.na/han.jan/ha.ja
等一下晚上我們一起去喝酒吧。

會　話 （酒席）

Ⓐ 한잔 하시죠.
憨髒　哈西敎
han.jan/ha.si.jyo
您喝一杯吧。

Ⓑ 예.
耶
ye
好。

Ⓐ 술 잘 드시네요. 한잔 더.
酥兒　插兒　特西內呦　憨髒　投
sul/jal/deu.si.ne.yo//han.jan/do*
您很會喝酒呢！再一杯吧。

用餐、喝酒

건배하자!

恐杯哈渣

go*n.be*.ha.ja

我們乾一杯！

詞 彙 解 釋	건배하다 [動詞] 乾杯

相關例句

例 다들 건배하자! 건배! 치얼스~

他的兒　恐杯哈渣　恐杯　妻喔兒思

da.deul/go*n.be*.ha.ja//go*n.be*//chi.o*l.seu

我們乾一杯！乾杯！Cheers～

例 자, 술잔들 들어요. 건배합시다.

插　酥兒髒的　特囉呦　恐杯哈不打

ja//sul.jjan.deul/deu.ro*.yo//go*n.be*.hap.ssi.da

來，把酒杯舉起來，乾杯吧！

會 話

Ⓐ 미영아, 결혼 축하해. 자, 건배하자.

咪庸啊　可呦龍　粗卡黑　插　恐杯哈渣

mi.yo*ng.a//gyo*l.hon/chu.ka.he*//ja//go*n.be*.ha.ja

美英，恭喜你結婚。來，一起乾杯吧！

Ⓑ 미영이의 행복을 위하여. 건배~!

咪庸衣Ａ　黑恩播歌　烏衣哈呦　恐杯

mi.yo*ng.i.e/he*ng.bo.geul/wi.ha.yo*//go*n.be*

為了美英的幸福～乾杯！

旅遊、購物

사진 좀 찍어 주세요.

沙金 綜 基狗 租誰呦

sa.jin/jom/jji.go*/ju.se.yo

請幫我拍照

慣用句	사진을 찍다
解 釋	拍照、攝影

相關例句

例 제가 사진 찍어 드릴까요?

賊嘎 沙金 寄勾 特里兒嘎呦

je.ga/sa.jin/jji.go*/deu.ril.ga.yo

要我幫您拍照嗎?

例 여기서 사진 찍어도 돼요?

唷個衣搜 沙金 寄勾豆 腿呦

yo*.gi.so*/sa.jin/jji.go*.do/dwe*.yo

這裡可以拍照嗎?

會 話

Ⓐ 같이 찍어요. 자, 김치!

卡氣 基狗呦 插 可銀氣

ga.chi/jji.go*.yo//ja//gim.chi

一起拍照吧,來,泡菜!

Ⓑ 이 사진 너무 웃겨! 다시 찍자.

衣 沙金 no木 五個又 他西 寄渣

i/sa.jin/no*.mu/ut.gyo*//da.si/jjik.jja

這張照片太好笑了,重拍一次吧。

旅遊、購物

화장실이 어디입니까?
花髒西里　喔低影你嘎
hwa.jang.si.ri/o*.di.im.ni.ga
請問廁所在哪裡？

詞　彙　解　釋	화장실　[名詞]　化妝室、廁所

相關例句

例 화장실이 어디에 있습니까?
花髒西里　喔低A　衣森你嘎
hwa.jang.si.ri/o*.di.e/it.sseum.ni.ga
請問廁所在哪裡？

例 화장실에 가고 싶은데 어디에 있죠?
花髒西累　卡勾　西噴貼　喔低A　衣救
hwa.jang.si.re/ga.go/si.peun.de/o*.di.e/it.jjyo
我想去廁所，請問在哪裡？

會 話

Ⓐ 죄송한데요. 화장실이 어디에요?
催松憨爹呦　花髒西里　喔低耶呦
jwe.song.han.de.yo//hwa.jang.si.ri/o*.di.ye.yo
對不起，請問廁所在哪裡？

Ⓑ 저쪽에 있어요.
醜揍給　衣搜呦
jo*.jjo.ge/i.sso*.yo
在那邊。

旅遊、購物

> 어서 오세요!
> 喔搜　歐誰呦
> o*.so*/o.se.yo
> 歡迎光臨！

慣用句	어서 오세요
解　釋	歡迎光臨

※어서為副詞，表示趕快、快點

相關例句

例 와 줘서 고마워요.

　　挖　左搜　口馬我呦

　　wa/jwo.so*/go.ma.wo.yo

　　謝謝你過來。

例 결혼식에 와 주셔서 감사합니다.

　　可呦龍系給　挖　租休搜　砍沙憨你打

　　gyo*l.hon.si.ge/wa/ju.syo*.so*/gam.sa.ham.ni.da

　　謝謝您來結婚典禮。

會　話

Ⓐ 어서 오세요! 뭘 찾으세요?

　　喔搜　歐誰呦　摸兒　擦資誰呦

　　o*.so*/o.se.yo//mwol/cha.jeu.se.yo

　　歡迎光臨，您要找什麼？

Ⓑ 긴 치마 있어요?

　　可銀　氣媽　衣搜呦

　　gin/chi.ma/i.sso*.yo

　　請問有長裙嗎？

旅遊、購物

보여 주세요.

播唷 租誰呦

bo.yo*/ju.se.yo

請給我看

| 詞 彙 | 보이다 [動詞] |
| 解 釋 | 給看、讓看、出示 |

※動詞語幹＋아/어 주다　表示為某人做某事

相關例句

例 보여 줄래요?

播唷　租兒累呦

bo.yo*/jul.le*.yo

你要給我看嗎？

例 보여 줘도 돼요?

播唷　左豆　腿呦

bo.yo*/jwo.do/dwe*.yo

可以給我看嗎？

會 話

A 다른 것도 보여 주시겠어요?

他冷　狗豆　播唷　租西給搜呦

da.reun/go*t.do/bo.yo*/ju.si.ge.sso*.yo

您可以拿其他的給我看嗎？

B 예, 잠깐만요.

耶　蟬乾蠻妞

ye//jam.gan.ma.nyo

好的，請稍等。

旅遊、購物

입어 봐도 될까요?
衣播爸豆　腿兒嘎呦
i.bo*.bwa.do/dwel.ga.yo
可以試穿嗎？

詞　彙	입어보다 [動詞]
解　釋	穿看看、試穿

相關例句

例 한번 입어 보세요.
憨崩　衣播波誰呦
han.bo*n/i.bo*/bo.se.yo
請您試穿看看吧。

例 입어 보시겠어요?
喔播播西給搜呦
i.bo*.bo.si.ge.sso*.yo
您要試穿嗎？

會　話

Ⓐ 입어 봐도 될까요?
衣播爸豆　腿兒嘎呦
i.bo*.bwa.do/dwel.ga.yo
可以試穿嗎？

Ⓑ 죄송하지만 그건 입어 보실 수는 없습니다.
催松哈基慢　可拱　衣播播西兒　酥能　喔不森你打
jwe.song.ha.ji.man/geu.go*n/i.bo*.bo.sil/su.neun/o*
p.sseum.ni.da
對不起，那個不能試穿。

● 旅遊、購物

얼마예요?

喔兒馬耶呦

o*l.ma.ye.yo

多少錢？

| 詞 彙 | 얼마 [代名詞] |
| 解 釋 | 多少 |

相關例句

例 모두 얼마예요?

抹肚　喔兒馬耶呦

mo.du/o*l.ma.ye.yo

總共多少錢？

例 한 개에 얼마예요?

憨　給A　喔兒馬耶呦

han/ge*.e/o*l.ma.ye.yo

一個多少錢？

會 話

Ⓐ 이거 얼마예요?

衣狗　喔兒馬耶呦

i.go*/o*l.ma.ye.yo

這個多少錢？

Ⓑ 오천 원입니다.

歐蒽我您你打

o.cho*.nwo.nim.ni.da

五千韓圜。

旅遊、購物

좀 깎아 주세요.
綜 嘎嘎 租誰呦
jom/ga.ga/ju.se.yo
請算便宜一點

詞 彙	깎다 [動詞]
解 釋	①削、剃、剪②砍價、殺價

相關例句

例 좀 싸게 해 주세요.
綜 沙給 黑 租誰呦
jom/ssa.ge/he*/ju.se.yo
請算便宜一點。

例 너무 비싸요. 할인 돼요?
NO木 匹沙呦 哈林 腿呦
no*.mu/bi.ssa.yo//ha.rin/dwe*.yo
太貴了，可以打折嗎？

會 話

Ⓐ 비싸네요. 좀 깎아 주세요.
匹沙內呦 綜 嘎嘎 租誰呦
bi.ssa.ne.yo//jom/ga.ga/ju.se.yo
很貴呢！算便宜一點。

Ⓑ 알았어요. 십 퍼센트 깎아 줄게요.
阿拉搜呦 系 波誰特 嘎嘎 租兒 給呦
a.ra.sso*.yo//sip/po*.sen.teu/ga.ga/jul.ge.yo
好的，打九折給你。

旅遊、購物

현금으로 지불하겠어요.

阿庸跟們漏　七不兒哈給搜呦

hyo*n.geu.meu.ro/ji.bul.ha.ge.sso*.yo

我要付現

詞　彙	지불하다　[動詞]
解　釋	支付、付款

相關例句

例 어떻게 지불하시겠습니까?

喔豆K　七不拉西給森你嘎

o*.do*.ke/ji.bul.ha.si.get.sseum.ni.ga

您要怎麼支付呢？

例 죄송하지만, 현금으로 지불하셔야 합니다.

崔松哈己慢　阿庸跟們漏　七不拉休呀　憨你打

jwe.song.ha.ji.man//hyo*n.geu.meu.ro/ji.bul.ha.

syo*.ya/ham.ni.da

對不起，您必須支付現金。

會 話

Ⓐ 현금으로 하시겠어요, 카드로 하시겠어요?

阿庸跟們漏　哈西給搜呦　卡特漏　哈西給搜呦

hyo*n.geu.meu.ro/ha.si.ge.sso*.yo//ka.deu.ro/ha.si.

ge.sso*.yo

請問您要付現，還是刷卡？

Ⓑ 카드로 하겠어요.

卡特漏　哈給搜呦

ka.deu.ro/ha.ge.sso*.yo

我要刷卡。

旅遊、購物

영수증 주세요.
泳酥證　租誰呦
yo*ng.su.jeung/ju.se.yo
請給我收據

詞　彙	주다 [動詞]
解　釋	給、給予

相關例句

例 종이봉투 주세요.
宗衣崩吐　租誰呦
jong.i.bong.tu/ju.se.yo
請給我紙袋。

例 빨대 주세요.
爸兒爹　租誰呦
bal.de*/ju.se.yo
請我吸管。

會 話

Ⓐ 모두 7천 원입니다.
摸肚　七兒蔥我您你打
mo.du/chil.cho*.nwo.nim.ni.da
總共是七千韓圜。

Ⓑ 여기 있습니다. 영수증 주세요.
唷個衣　衣森你打　泳酥證　租誰呦
yo*.gi/it.sseum.ni.da//yo*ng.su.jeung/ju.se.yo
錢在這裡，請給我收據。

264

旅遊、購物

인천공항까지 갑니다.

銀蔥公夯嘎幾 砍你打

in.cho*n.gong.hang.ga.ji/gam.ni.da

我要去仁川機場

詞　彙	까지　[助詞]
解　釋	到…為止、到…截止

※까지接在表示地點或時間的名詞後方，表示距離
或時間上的終點

會 話 (搭計程車時)

A 어디까지 가세요?

喔低嘎幾　卡誰呦

o*.di.ga.ji/ga.se.yo

您要去哪裡？

B 삼성서울병원까지 부탁합니다.

三松搜烏兒播庸我恩嘎幾　鋪踏刊你打

sam.so*ng.so*.ul.byo*ng.won.ga.ji/bu.ta.kam.ni.da

麻煩載我去三星首爾醫院。

B 김포공항까지 갑니다.

可銀破公夯嘎幾　砍你打

gim.po.gong.hang.ga.ji/gam.ni.da

我要去金浦機場。

B 이 주소로 가 주세요.

衣　租嗽漏　卡　租誰呦

i/ju.so.ro/ga/ju.se.yo

請到這個住址。

● 旅遊、購物

> 시간이 어느 정도 걸릴까요?
> 西乾你 喔呢 總豆 口兒里兒嘎呦
> si.ga.ni/o*.neu/jo*ng.do/go*l.lil.ga.yo
> 大概會花多少時間？

慣用語	시간이 걸리다
解　釋	花費時間、費時

會 話

Ⓐ 시간이 어느 정도 걸릴까요?
西乾你 喔呢 總豆 口兒里兒嘎呦
si.ga.ni/o*.neu/jo*ng.do/go*l.lil.ga.yo
大概會花多少時間？

Ⓑ 30분 정도 걸릴 거예요.
三系不恩總豆 口兒里兒 狗耶呦
sam.sip.bun.jo*ng.do/go*l.lil/go*.ye.yo
大概會花三十分鐘左右。

Ⓑ 그렇게 오래 걸리진 않을 거예요.
可囉K 歐累 口兒里金 阿呢 狗耶呦
geu.ro*.ke/o.re*/go*l.li.jin/a.neul/go*.ye.yo
不會花到那麼久的時間。

Ⓑ 약 한 시간 정도 소요됩니다.
呀 憨 西乾 總豆 嗽呦對你打
yak/han/si.gan/jo*ng.do/so.yo.dwem.ni.da
大概需要約一個小時。

旅遊、購物

저 내려요!

醜　累六呦

jo*/ne*.ryo*.yo

我要下車

詞　彙	내리다 [動詞]
解　釋	落、下去、下降、下車

相關例句

例 잠깐만요. 저 내려요!

蟬乾慢妞　醜　累六呦

jam.gan.ma.nyo//jo*/ne*.ryo*.yo

等一下，我要下車。

例 아저씨, 저 여기서 내려요.

阿走系　醜　呦個衣搜　累六呦

a.jo*.ssi//jo*/yo*.gi.so*/ne*.ryo*.yo

大叔，我要在這裡下車。

例 다음 정류장에서 내릴게요.

他恩　寵了U掌A搜　累里兒給呦

da.eum/jo*ng.nyu.jang.e.so*/ne*.ril.ge.yo

我要在下一站下車。

例 아저씨! 잠깐만요! 사람 내려요!

阿走系　蟬乾慢妞　沙郎　累六呦

a.jo*.ssi//jam.gan.ma.nyo//sa.ram/ne*.ryo*.yo

大叔，等一下，有人要下車。

旅遊、購物

여기서 세워 주세요.
唷個衣搜　誰我　租誰呦
yo*.gi.so*/se.wo/ju.se.yo
請在這裡停車

慣用句	차를 세우다
解釋	停車

相關例句

例 여기서 잠깐 세워 주세요.
唷個衣搜　蟬乾　誰我　租誰呦
yo*.gi.so*/jam.gan/se.wo/ju.se.yo
請您停在這裡一會。

例 저 앞에서 세워 주세요.
醜　阿配搜　誰我　租誰呦
jo*/a.pe.so*/se.wo/ju.se.yo
請在那前面停車。

會話

Ⓐ 아저씨, 여기서 세워 주세요.
阿走系　唷個衣搜　誰我　組誰呦
a.jo*.ssi//yo*.gi.so*/se.wo/ju.se.yo
大叔，請在這裡停車。

Ⓑ 예, 손님.
耶　松淋
ye//son.nim
好的，客人。

旅遊、購物

다 왔습니다.

他　哇森你打

da/wat.sseum.ni.da

到了

慣用句	다 오다
解 釋	全部抵達、到齊、到達目的地

相關例句

例 거의 다 왔어요.

口衣　他　哇搜呦

go*.i/da/wa.sso*.yo

快到了。

例 다 왔어요. 내려요.

他　哇搜呦　累六呦

da/wa.sso*.yo//ne*.ryo*.yo

到了，我們下車吧。

會 話 (搭計程車時)

Ⓐ 다 왔습니다, 손님.

他　哇森你打　松您

da/wat.sseum.ni.da//son.nim

到了，客人。

Ⓑ 아, 얼마죠?

阿　喔兒馬教

a//o*l.ma.jyo

啊～多少錢？

溝通

천천히 말씀하세요.

匆匆你 馬兒森哈誰呦

cho*n.cho*n.hi/mal.sseum.ha.se.yo

請您説慢一點

詞 彙 解 釋	천천히 [副詞] 慢慢地

相關例句

例 천천히 말씀해 주시겠어요?

匆匆你 馬兒思妹 租西給搜呦

cho*n.cho*n.hi/mal.sseum.he*/ju.si.ge.sso*.yo

您可以説慢一點嗎？

例 좀 천천히 말할래?

綜 匆匆你 馬拉兒累

jom/cho*n.cho*n.hi/mal.hal.le*

你可以説慢一點嗎？

例 좀 더 자세히 말씀해 주시겠어요?

綜豆 擦誰西 馬兒思妹 租西給搜呦

jom.do*/ja.se.hi/mal.sseum.he*/ju.si.ge.sso*.yo

您可以仔細説説嗎？

例 좀 더 구체적으로 설명해 주시겠어요?

綜豆 苦痲A走哥漏 搜兒謬黑 租西給搜呦

jom.do*/gu.che.jo*.geu.ro/so*l.myo*ng.he*/ju.si.ge.sso*.yo

您可以具體説明一下嗎？

● 溝通

다시 한번 말해 주세요.

他西　憨崩　馬累　租誰呦

da.si/han.bo*n/mal.he*/ju.se.yo

請您再說一遍

詞　彙	말하다 [動詞]
解　釋	說、講

※말씀하시다（說）為말하다的敬語

相關例句

例 못 알아듣겠는데, 다시 말해 주세요.

摸　答拉特給能貼　他西　媽兒黑　租誰呦

mo/da.ra.deut.gen.neun.de//da.si/mal.he*/ju.se.yo

我聽不懂，請你在說一遍。

例 제가 너무 빠르게 말했습니까?

賊嘎　NO木　爸了給　馬累森你嘎

je.ga/no*.mu/ba.reu.ge/mal.he*t.sseum.ni.ga

我說得太快了嗎？

會　話

Ⓐ 미안합니다. 다시 한번 말씀해 주시겠어요?

咪安憨你打　他西　憨崩　馬兒思妹　租西給搜呦

mi.an.ham.ni.da//da.si/han.bo*n/mal.sseum.he*/ju.si.ge.sso*.yo

對不起，您可以再說一遍嗎？

Ⓑ 네, 다시 말씀 드리죠.

內　他西　馬兒森　特里救

ne//da.si/mal.sseum/deu.ri.jyo

好的，我再說一遍。

溝通

어떻게 할래?
喔豆K 哈兒累
o*.do*.ke/hal.le*
你要怎麼做呢？

詞 彙	어떻게 [副詞]
解 釋	如何地、怎麼樣地

會話一

A 이제 어떻게 하시겠어요?
衣賊　喔豆K　哈西給搜呦
i.je/o*.do*.ke/ha.si.ge.sso*.yo
現在您打算怎麼做呢？

B 어쩔 수 없지. 포기할 수 밖에.
喔揍兒　酥　喔不基　破個衣哈兒　酥　爸給
o*.jjo*l/su/o*p.jji//po.gi.hal/ssu/ba.ge
沒辦法囉！只能放棄！

會話二

A 이제 어떻게 할래?
衣賊　喔豆K　哈兒累
i.je/o*.do*.ke/hal.le*
現在你要怎麼做？

B 나도 모르겠어.
那豆　撲了給搜
na.do/mo.reu.ge.sso*
我也不知道。

溝通

찬성해요.

參悚黑呦

chan.so*ng.he*.yo

我贊成

詞　彙	찬성하다　[動詞]
解　釋	贊成、同意、贊同

相關例句

例 저는 찬성하지 않습니다.

醜能　參悚哈基　安森你打

jo*.neun/chan.so*ng.ha.ji/an.sseum.ni.da

我不贊成。

會話

Ⓐ 이번 연휴에 우리 해외 여행 가자. 어때?

衣崩　泳呵U A 五里　黑為　唷黑恩　卡紫　喔參

i.bo*n/yo*n.hyu.e/u.ri/he*.we/yo*.he*ng/ga.ja//o*.
de*

這次連假我們去國外旅行，如何？

Ⓑ 난 무조건 찬성!

囊　母揍拱　參悚

nan/mu.jo.go*n/chan.so*ng

我超級贊成！

Ⓒ 난 반대야.

囊　盤參呀

nan/ban.de*.ya

我反對！

溝通

반대해요.
盤爹黑呦
ban.de*.he*.yo
我反對！

詞 彙	반대하다 [動詞]
解 釋	反對、不贊成

相關例句

例 저는 동의할 수 없어요.

醜能 同衣哈兒 酥 喔不搜呦
jo*.neun/dong.i.hal/ssu/o*p.sso*.yo
我無法同意。

例 왜 반대하는지 그 이유를 말해 봐요.

為 盤爹哈能基 可 衣U惹 馬累 爸呦
we*/ban.de*.ha.neun.ji/geu/i.yu.reul/mal.he*/bwa.
yo
為什麼反對，理由你說說看。

會 話

Ⓐ 난 이 결혼 반대야.
囊 衣 可唷龍 盤爹呀
nan/i/gyo*l.hon/ban.de*.ya
我反對這樁婚事。

Ⓑ 왜 반대하는데?
為 盤爹哈能爹
we*/ban.de*.ha.neun.de
你為什麼反對？

274

溝通

좋은 생각이에요.

醜恩　先嘎個衣耶呦

jo.eun/se*ng.ga.gi.e.yo

這是個好主意

詞　彙	생각　[名詞]
解　釋	想法、看法、主意

會話一

Ⓐ 우리 방학엔 대만 여행을 가는 게 어때?

五里　旁哈給　貼慢　妞黑兒　卡能　給　喔參

u.ri/bang.ha.gen/de*.man/yo*.he*ng.eul/ga.neun/ge/o*.de*

我們放假去台灣旅行，如何？

Ⓑ 그거 좋은 생각이네.

可勾　醜恩　先嘎個衣內

geu.go*/jo.eun/se*ng.ga.gi.ne

那是不錯的主意呢！

會話二

Ⓐ 좋은 생각이 하나 있는데요.

醜恩　先嘎個衣　哈那　影能參呦

jo.eun/se*ng.ga.gi/ha.na/in.neun.de.yo

我有個不錯的提案。

Ⓑ 말해 봐요.

馬累　爸呦

mal.he*/bwa.yo

你說說看。

溝通

잘 생각해 봐요.

擦兒 先嘎K 爸呦

jal/sse*ng.ga.ke*/bwa.yo

你好好考慮一下

詞 彙	잘 [副詞]
解 釋	好好地、很好地

相關例句

例 다시 잘 생각해 봐요.

他西 擦兒 先嘎K 爸呦

da.si/jal/sse*ng.ga.ke*/bwa.yo

你再重新好好考慮一下。

例 생각해 보지 않을래?

先嘎K 播基 安呢累

se*ng.ga.ke*/bo.ji/a.neul.le*

你要不要想一想?

會 話

Ⓐ 생각을 좀 해 봐야겠어요.

先嘎哥 綜 黑 爸呀給搜呦

se*ng.ga.geul/jjom/he*/bwa.ya.ge.sso*.yo

我必須考慮一下。

Ⓑ 그래, 잘 생각해 봐.

可累 擦兒 先嘎K 爸

geu.re*//jal/sse*ng.ga.ke*/bwa

好的,你好好考慮一下。

溝通

이해해요.

衣黑黑呦

i.he*.he*.yo

我能理解

詞 彙	이해하다 [動詞]
解 釋	理解、聽懂

相關例句

例 날 좀 이해하면 안 돼?

那兒 綜 衣黑哈謬 安 對

nal/jjom/i.he*.ha.myo*n/an/dwe*

你就不能理解我一下嗎？

例 네 맘 다 이해해.

你 馬恩 他 衣黑黑

ni/mam/da/i.he*.he*

你的心情我都了解。

例 난 정말 이해가 안 돼요.

能 寵罵兒 衣黑嘎 安 對呦

nan/jo*ng.mal/i.he*.ga/an/dwe*.yo

我真的不能理解。

例 네가 나를 이해해 줬으면 좋겠다.

你嘎 那惹 衣黑黑 左思謬恩 醜給打

ni.ga/na.reul/i.he*.he*/jwo.sseu.myo*n/jo.ket.da

希望你能理解我。

● 溝通

궁금해요.

坤根妹呦

gung.geum.he*.yo

想知道

詞 彙	궁금하다 [形容詞]
解 釋	想知道、好奇、納悶

相關例句

例 처음 먹어 보는 것이라 맛이 궁금합니다.

湊恩 摸勾 播能 狗西拉 馬西 坤根憨你打

cho*.eum/mo*.go*/bo.neun/go*.si.ra/ma.si/gung.
geum.ham.ni.da

因為是第一次吃，很好奇味道如何。

會 話

A 사장님이 보통 몇 시에 출근하세요?

沙髒你咪 播通 謬 西A 粗兒跟哈誰呦

sa.jang.ni.mi/bo.tong/myo*t/ssi.e/chul.geun.ha.se.
yo

總經理通常幾點上班？

B 그걸 왜 물어 봐요.

可狗兒 為 母囉 爸呦

geu.go*l/we*/mu.ro*/bwa.yo

你幹嘛問這個？

A 그냥 궁금해서요.

可釀 坤根妹搜呦

geu.nyang/gung.geum.he*.so*.yo

只是想知道而已。

溝通

대답해 주세요.

貼答胚　租誰呦

de*.da.pe*/ju.se.yo

請您回答

詞　彙	대답하다 [動詞]
解　釋	回答、答應

相關例句

例 간단하게 대답해 주세요.

砍單那給　貼打胚　組誰呦

gan.dan.ha.ge/de*.da.pe*/ju.se.yo

請你簡單回答一下。

例 질문에 대답하지 마십시오.

基兒母內　貼答趴基　馬西不休

jil.mu.ne/de*.da.pa.ji/ma.sip.ssi.o

請不要回答問題。

例 내 질문에 대답부터 해 주세요.

累　基兒木內　貼打不投　黑　租誰呦

ne*/jil.mu.ne/de*.dap.bu.to*/he*/ju.se.yo

請你先回答我的問題。

例 왜 대답을 못해요?

為　貼打笨　末貼呦

we*/de*.da.beul/mo.te*.yo

你為什麼回答不出來？

溝通

그냥 해 본 말이야.

可釀　黑　崩　馬里呀

geu.nyang/he*/bon/ma.ri.ya

我只是說說而已

詞　彙	그냥 [副詞]
解　釋	只是、就那樣、照樣

相關例句

例 신경 쓰지 마요. 그냥 해 본 말이에요.

新個庸　思基　馬呦　可釀　黑　崩　馬里耶呦

sin.gyo*ng/sseu.ji/ma.yo//geu.nyang/he*/bon/ma.ri.
e.yo

你別放在心上，我只是說說而已。

例 그냥 농담으로 해 본 소리야. 하하!

可釀　農答悶漏　黑　崩　嗽里呀　哈哈

geu.nyang/nong.da.meu.ro/he*/bon/so.ri.ya//ha.ha

我只是說說玩笑話而已，哈哈！

會話

Ⓐ 너 진짜 사표 낼 거야?

NO 金渣　沙匹呦　累兒　狗呀

no*/jin.jja/sa.pyo/ne*l/go*.ya

你真的要辭職啊？

Ⓑ 그냥 말만 한번 해 본 거야.

可釀　馬兒蠻　憨崩　黑　崩　狗呀

geu.nyang/mal.man/han.bo*n/he*/bon/go*.ya

我只是說說而已。

確認

정말?
寵馬兒
jo*ng.mal
真的嗎?

詞 彙	정말 [名詞、副詞]
解 釋	真的、真

相關例句

例 뭐? 그게 정말이야?

魔　可給　寵馬里呀
mwo//geu.ge/jo*ng.ma.ri.ya
什麼?那是真的嗎?

例 진짜? 뻥 아니지?

金渣　蹦　阿你基
jin.jja//bo*ng/a.ni.ji
真的?不是騙人的吧?

會 話

Ⓐ 저 결혼해요.

醜　可呦龍黑呦
jo*/gyo*l.hon.he*.yo
我要結婚了。

Ⓑ 정말? 어머! 축하해!

寵馬兒　喔摸　粗卡黑
jo*ng.mal//o*.mo//chu.ka.he*
真的?天哪!恭喜你!

確認

確實해요?
化西累呦
hwak.ssil.he*.yo
你確定？

詞　彙	확실하다 [形容詞]
解　釋	確實、確切、確定

會話一

A 자기야, 나 임신했어.
插個衣呀　那　影心黑搜
ja.gi.ya//na/im.sin.he*.sso*
親愛的，我懷孕了。

B 진짜? 임신 맞아? 확실해?
金渣　影心　馬渣　花西累
jin.jja//im.sin/ma.ja//hwak.ssil.he*
真的嗎？確定是懷孕？你確定？

會話二

A 이게 최선입니까? 확실해요?
衣給　催松影你嘎　花西累呦
i.ge/chwe.so*.nim.ni.ga//hwak.ssil.he*.yo
這是最好的嗎？你確定？

B 네, 확실합니다.
內　花西郎你打
ne//hwak.ssil.ham.ni.da
是的，我確定。

確認

무슨 뜻이에요?

母森 的西耶呦

mu.seun/deu.si.e.yo

那是什麼意思？

詞 彙	뜻 [名詞]
解 釋	意思、意味、意義

相關例句

例 그 말은 무슨 뜻이에요? 설명해 주세요.

可 馬冷 母森 的西耶呦 搜兒謬黑 組誰呦

geu/ma.reun/mu.seun/deu.si.e.yo//so*l.myo*ng.he*/

ju.se.yo

那句話是什麼意思？請你說明一下。

例 무슨 뜻인지 잘 모르겠어요.

母森 的心幾 插兒 摸了給搜呦

mu.seun/deu.sin.ji/jal/mo.reu.ge.sso*.yo

我不知道是什麼意思。

會 話

Ⓐ 우리 서로 안 맞는 것 같아.

五里 搜漏 安 蠻能 狗 嘎踏

u.ri/so*.ro/an/man.neun/go*t/ga.ta

我們彼此似乎不合。

Ⓑ 그게 무슨 뜻이야? 헤어지자는 거야?

可給 母森 的西呀 黑喔基渣能 狗呀

geu.ge/mu.seun/deu.si.ya//he.o*.ji.ja.neun/go*.ya

那是什麼意思？你要分手嗎？

確認

그게 무슨 말이에요?

可給　母森　馬里耶呦

geu.ge/mu.seun/ma.ri.e.yo

這話是什麼意思？

詞　彙	말 [名詞]
解　釋	話、語言

相關例句

例 그게 무슨 말이야? 자세히 좀 말해 봐.

可給　母森　馬里呀　插誰衣　綜　馬累　爸

geu.ge/mu.seun/ma.ri.ya//ja.se.hi/jom/mal.he*/bwa

這話是什麼意思？你説清楚一點！

會　話

Ⓐ 우리 앞으로 매일매일 보자.

五里　啊潽漏　妹衣兒妹衣兒　播炸

u.ri/a.peu.ro/me*.il.me*.il/bo.ja

我們以後每天見面吧。

Ⓑ 그게 무슨 말이에요?

可給　母森　馬里耶呦

geu.ge/mu.seun/ma.ri.e.yo

這話是什麼意思？

Ⓐ 나랑 사귀자. 진심이야.

那郎　沙虧渣　親西咪呀

na.rang/sa.gwi.ja//jin.si.mi.ya

跟我交往吧，我是認真的。

確認

준비는 다 됐어요?
尊逼能 他 腿搜呦
jun.bi.neun/da/dwe*.sso*.yo
都準備好了嗎？

詞 彙	준비되다 [動詞]
解 釋	準備、籌備

相關例句

例 난 아직 준비가 안 됐어요.

囊 阿寄 尊逼嘎 安 對搜呦
nan/a.jik/jun.bi.ga/an/dwe*.sso*.yo
我還沒準備好。

例 준비는 거의 다 됐어요.

尊逼能 口衣 他 腿搜呦
jun.bi.neun/go*.i/da/dwe*.sso*.yo
幾乎都準備好了。

會 話

Ⓐ 준비는 다 됐어요?

尊逼能 他 腿搜呦
jun.bi.neun/da/dwe*.sso*.yo
你都準備好了嗎？

Ⓑ 네, 다 됐어요.

內 他 腿搜呦
ne//da/dwe*.sso*.yo
對，都準備好了。

交友、聊天話題

성함이 어떻게 되세요?
松哈咪　喔豆K　腿誰呦
so*ng.ha.mi/o*.do*.ke/dwe.se.yo
請問您貴姓大名？

詞　彙	성함　[名詞]
解　釋	姓名、名字

會話一

Ⓐ 성함이 어떻게 되세요?
松哈咪　喔豆K　腿誰呦
so*ng.ha.mi/o*.do*.ke/dwe.se.yo
請問您貴姓大名？

Ⓑ 박현진입니다.
怕呵庸金影你打
ba.kyo*n.ji.nim.ni.da
朴賢珍。

會話二

Ⓐ 이름이 뭐야?
衣了咪　魔呀
i.reu.mi/mwo.ya
你叫什麼名字？

Ⓑ 장정영이에요.
常宗永衣耶呦
jang.jo*ng.yo*ng.i.e.yo
張正英。

交友、聊天話題

오랜만이에요.
歐累恩慢你耶呦
o.re*n.ma.ni.e.yo
好久不見

詞 彙	오랜만 [名詞]
解 釋	好久、許久（為오래간만的略語）

相關例句

例 오랜만이에요! 잘 지내셨어요?

歐累恩慢你耶呦 插兒 妻內休搜呦
o.re*n.ma.ni.e.yo//jal/jji.ne*.syo*.sso*.yo
好久不見，您過得好嗎？

例 오랜만이야. 많이 예뻐졌네!

歐累恩馬你呀 馬你 耶播酒內
o.re*n.ma.ni.ya//ma.ni/ye.bo*.jo*n.ne
好久不見，你變得很漂亮呢！

會 話

A 야, 오랜만이다. 잘 지냈어?

呀 歐累恩馬你打 插兒 妻內搜
ya//o.re*n.ma.ni.da//jal/jji.ne*.sso*
喂～好久不見！你過得好嗎？

B 그럼, 잘 지내지.

可龍 插兒 妻內基
geu.ro*m//jal/jji.ne*.ji
當然，過得很好囉！

交友、聊天話題

> 잘 지내고 있어요?
> 插兒 七累勾 衣搜呦
> jal/jji.ne*.go/i.sso*.yo
> 你過得好嗎？

詞 彙	지내다 [動詞]
解 釋	過日子、過活

會話一

A 잘 지내고 있죠?
插兒 七累勾 意救
jal/jji.ne*.go/it.jjyo
你過得很好吧？

B 그럼요. 아주 잘 지내고 있어요.
可囉謬 阿租 插兒 七累勾 衣搜呦
geu.ro*.myo//a.ju/jal/jji.ne*.go/i.sso*.yo
當然囉，我過得非常好。

會話二

A 그동안 잘 지내셨어요?
可東安 插兒 七累休搜呦
geu.dong.an/jal/jji.ne*.syo*.sso*.yo
前鎮子您過得好嗎？

B 예, 별일없이 잘 지냈어요.
耶 匹唷里囉不西 插兒 七累搜呦
ye//byo*.ri.ro*p.ssi/jal/jji.ne*.sso*.yo
是的，我沒什麼事過得很好。

● 交友、聊天話題

반가워요.

盤嘎我呦

ban.ga.wo.yo

很高興（見到你）

詞 彙	반갑다 [形容詞]
解 釋	高興、愉快（主要使用在與某人相遇時的高興，或對某一消息感到高興時）

相關例句

例 만나서 반갑습니다.

蠻那搜　盤嘎森你打

man.na.so*/ban.gap.sseum.ni.da

很高興見到你。

例 진짜 오랜만이야. 완전 반가워!

金渣　歐累恩馬你呀　完總　盤嘎我

jin.jja/o.re*n.ma.ni.ya//wan.jo*n/ban.ga.wo

真的好久不見！（見到你）超開心的！

會 話

Ⓐ 정말 여기서 이렇게 다 만나다니!

寵馬兒　唷個衣搜　衣囉K　他　慢那打你

jo*ng.mal/yo*.gi.so*/i.ro*.ke/da/man.na.da.ni

居然在這裡見到你！

Ⓑ 그러게요. 진짜 반가워.

可囉給呦　金渣　盤嘎我

geu.ro*.ge.yo//jin.jja/ban.ga.wo

是呀！真的很高興呢！

交友、聊天話題

우리 친구 해요.

五里　親古　黑呦

u.ri/chin.gu/he*.yo

我們交個朋友吧

詞　彙 解　釋	친구　[名詞] 朋友

相關例句

例 카카오톡 아이디 좀 알려 주세요.

卡卡歐透　阿衣低　綜　阿兒六　租誰呦

ka.ka.o.tok/a.i.di/jom/al.lyo*/ju.se.yo

請告訴我你Kakao Talk的ID。

例 페이스북을 사용하세요?

配衣思不哥　沙用哈誰呦

pe.i.seu.bu.geul/ssa.yong.ha.se.yo

你有使用Facebook嗎？

會　話

Ⓐ 라인 친구 추가해도 돼요?

拉引　親古　粗卡黑豆　腿呦

ra.in/chin.gu/chu.ga.he*.do/dwe*.yo

我可以加你為LINE好友嗎？

Ⓑ 네, 아이디 알려 줄게요.

內　阿衣低　阿兒六　租兒給呦

ne//a.i.di/al.lyo*/jul.ge.yo

可以，我告訴你我的ID。

交友、聊天話題

저는 대만 사람입니다.
醜能　貼慢　沙拉敏你打
jo*.neun/de*.man/sa.ra.mim.ni.da
我是台灣人

詞　彙	대만　[名詞]
解　釋	（地名）台灣

※與타이완（台灣）同義

會話一

Ⓐ 어느 나라 사람입니까?
　　歐呢　那拉　沙拉敏你嘎
　　o*.neu/na.ra/sa.ra.mim.ni.ga
　　你是哪一國人？

Ⓑ 저는 한국 사람입니다.
　　醜能　憨估　沙拉敏你打
　　jo*.neun/han.guk/sa.ra.mim.ni.da
　　我是韓國人。

會話二

Ⓐ 어디서 오셨어요?
　　喔低搜　歐休搜呦
　　o*.di.so*/o.syo*.sso*.yo
　　您從哪裡來？

Ⓑ 대만에서 왔어요.
　　貼慢內搜　挖搜呦
　　de*.ma.ne.so*/wa.sso*.yo
　　我從台灣來。

交友、聊天話題

무슨 일 하세요?
母森 衣兒 哈誰呦
mu.seun/il/ha.se.yo
您做什麼工作？

詞 彙	무슨 [冠形詞]
解 釋	什麼的（用來詢問自己所不知道的事情、對象或物品等）

※무슨詢問的對象必須是某一限定的名詞或種類

會話一

Ⓐ 무슨 일 하세요?
母森 衣兒 哈誰呦
mu.seun/il/ha.se.yo
您做什麼工作？

Ⓑ 저는 학생이에요.
醜能 哈先衣耶呦
jo*.neun/hak.sse*ng.i.e.yo
我是學生。

會話二

Ⓐ 직업이 뭐예요?
幾狗逼 魔耶呦
ji.go*.bi/mwo.ye.yo
你的職業是什麼？

Ⓑ 저는 꽃집을 하는데요.
醜能 夠擠笨 哈能貼呦
jo*.neun/got.jji.beul/ha.neun.de.yo
我是開花店的。

交友、聊天話題

저는 회사원입니다.

醜能　灰沙我您你打

jo*.neun/hwe.sa.wo.nim.ni.da

我是公司職員

詞　彙	회사원 [名詞]
解　釋	公司職員、公司員工

會話一

Ⓐ 학생입니까?

哈先影你嘎

hak.sse*ng.im.ni.ga

你是學生嗎？

Ⓑ 아니요, 저는 회사원입니다.

阿你呦　醜能　灰沙我您你打

a.ni.yo//jo*.neun/hwe.sa.wo.nim.ni.da

不，我是公司職員。

會話二

Ⓐ 어떤 일을 하고 계십니까?

喔東　衣惹　哈勾　K新你嘎

o*.do*n/i.reul/ha.go/ge.sim.ni.ga

您是做什麼工作的？

Ⓑ 저는 장사를 하는 사람입니다.

醜能　長沙惹　哈能　沙拉敏你打

jo*.neun/jang.sa.reul/ha.neun/sa.ra.mim.ni.da

我是做生意的。

交友、聊天話題

어떤 사람이에요?

喔東　沙拉咪耶呦

o*.do*n/sa.ra.mi.e.yo

是什麼樣的人？

詞　彙	어떤 [冠形詞]
解　釋	什麼樣的、怎樣的

相關例句

例 김재선 씨가 어떤 분인지 아세요?

可影賊松　系嘎　喔東　不您己　阿誰呦

gim.je*.so*n/ssi.ga/o*.do*n/bu.nin.ji/a.se.yo

您知道金在先先生是什麼樣的人嗎？

例 부모님은 어떤 분이세요?

撲撲你悶　喔東　不你誰呦

bu.mo.ni.meun/o*.do*n/bu.ni.se.yo

您的父母是什麼樣的人？

會　話

Ⓐ 한나 씨는 어떤 사람이에요?

韓那　系能　喔東　沙拉咪耶呦

han.na/ssi.neun/o*.do*n/sa.ra.mi.e.yo

漢娜是什麼樣的人？

Ⓑ 아주 솔직한 사람이에요.

阿租　嫩兒寄刊　沙拉咪耶呦

a.ju/sol.jji.kan/sa.ra.mi.e.yo

是很坦率的人。

交友、聊天話題

취미가 어떻게 되세요?

去咪嘎　喔豆K　腿誰呦

chwi.mi.ga/o*.do*.ke/dwe.se.yo

您的興趣是什麼？

詞　彙	취미　[名詞]
解　釋	興趣、嗜好、趣味

會話一

Ⓐ 취미가 어떻게 되세요?

去咪嘎　喔豆K　腿誰呦

chwi.mi.ga/o*.do*.ke/dwe.se.yo

您的興趣是什麼？

Ⓑ 저는 많은 나라 여행하는 것을 좋아해요.

醜能　馬能　那拉　唷黑哈能　狗奢　醜阿黑呦

jo*.neun/ma.neun/na.ra/yo*.he*ng.ha.neun/go*.

seul/jjo.a.he*.yo

我喜歡去很多國家旅行。

會話二

Ⓐ 너는 취미가 뭐야?

NO能　去咪嘎　魔呀

no*.neun/chwi.mi.ga/mwo.ya

你的興趣是什麼？

Ⓑ 난 피아노 치기야.

男　匹阿漏　氣個衣呀

nan/pi.a.no/chi.gi.ya

彈鋼琴。

交友、聊天話題

뭐 좋아해요?

魔 醜阿黑呦

mwo/jo.a.he*.yo

你喜歡什麼？

詞　彙	뭐　[代名詞]
解　釋	什麼（뭐為무엇的略語）

會話一

Ⓐ 한국 음식은 뭐 좋아해요?

憨估 恩系跟 魔 醜阿黑呦

han.guk/eum.si.geun/mwo/jo.a.he*.yo

你喜歡吃什麼韓國菜？

Ⓑ 순두부찌개를 좋아해요.

孫嘟不基給惹 醜阿黑呦

sun.du.bu.jji.ge*.reul/jjo.a.he*.yo

我喜歡吃嫩豆腐鍋。

會話二

Ⓐ 뭐 하는 걸 좋아해요?

魔 哈能 狗兒 醜阿黑呦

mwo/ha.neun/go*l/jo.a.he*.yo

你喜歡做什麼？

Ⓑ 수영 하는 걸 좋아해요.

酥庸 哈能 狗兒 醜阿黑呦

su.yo*ng/ha.neun/go*l/jo.a.he*.yo

我喜歡游泳。

交友、聊天話題

남자친구 있어요?

男紫親古　衣搜呦

nam.ja.chin.gu/i.sso*.yo

你有男朋友嗎？

詞 彙	남자친구 [名詞]
解 釋	男朋友

※남자친구的略語為「남친」；여자친구的略語為「여친」

會話一

Ⓐ 여자친구 있으세요?

唷紫親古　衣思誰呦

yo*.ja.chin.gu/i.sseu.se.yo

您有女朋友嗎？

Ⓑ 아뇨, 없어요.

阿妞　喔不搜呦

a.nyo//o*p.sso*.yo

不，沒有。

會話二

Ⓐ 남자친구 있어요?

男紫親古　衣搜呦

nam.ja.chin.gu/i.sso*.yo

你有男朋友嗎？

Ⓑ 네, 있어요.

內　衣搜呦

ne//i.sso*.yo

有，我有。

交友、聊天話題

사귄 지 얼마나 됐어요?
沙規基　喔兒馬那　腿搜呦
sa.gwin.ji/o*l.ma.na/dwe*.sso*.yo
交往有多久了？

詞　彙	사귀다 [動詞]
解　釋	交往、交朋友、結交

會 話

A 사귄 지 얼마나 됐어요?
沙規基　喔兒馬那　腿搜呦
sa.gwin.ji/o*l.ma.na/dwe*.sso*.yo
您交往有多久了？

B 사귄 지 한 달밖에 안 됐어요.
沙規基　憨　大兒　爸給　安　對搜呦
sa.gwin.ji/han/dal/ba.ge/an/dwe*.sso*.yo
我們交往不到一個月。

B 남친이랑 사귄 지 일년이 됐어요.
男親你郎　沙規基　衣兒溜你　腿搜呦
nam.chi.ni.rang/sa.gwin.ji/il.lyo*.ni/dwe*.sso*.yo
跟男朋友交往有一年了。

B 사귄 지 얼마 안 됐어요.
沙規基　喔兒馬　安　對搜呦
sa.gwin.ji/o*l.ma/an/dwe*.sso*.yo
我們交往沒有很久。

交友、聊天話題

왜 헤어졌어요?
為 黑喔敉搜呦
we*/he.o*.jo*.sso*.yo
為什麼分手呢?

詞 彙	헤어지다 [動詞]
解 釋	分手、分開、分離

會 話

Ⓐ 왜 헤어졌어요?
為 黑喔敉搜呦
we*/he.o*.jo*.sso*.yo
為什麼分手呢?

Ⓑ 그 사람이 바람 폈어요.
科 沙拉咪 怕狼 匹唷搜呦
geu/sa.ra.mi/ba.ram/pyo*.sso*.yo
他劈腿。

Ⓑ 서로 안 맞았어요.
搜漏 安 馬紫搜呦
so*.ro/an/ma.ja.sso*.yo
因為彼此不合。

Ⓑ 그냥 어쩌다 보니 그렇게 됐어요.
可釀 喔搑打播你 可囉K 腿搜呦
geu.nyang/o*.jjo*.da.bo.ni/geu.ro*.ke/dwe*.sso*.yo
不知道為什麼就這樣了。

交友、聊天話題

결혼하셨어요?

可唷龍哈休搜呦

gyo*l.hon.ha.syo*.sso*.yo

您結婚了嗎？

詞 彙	결혼하다 [動詞]
解 釋	結婚、成婚

相關例句

例 결혼한 지 얼마나 됐어요?

可唷龍憨基 喔兒馬那 腿搜呦

gyo*l.hon.han.ji/o*l.ma.na/dwe*.sso*.yo

您結婚多久了呢？

會 話

Ⓐ 결혼하셨어요?

可唷龍哈休搜呦

gyo*l.hon.ha.syo*.sso*.yo

您結婚了嗎？

Ⓑ 네, 작년에 결혼했습니다.

內 常妞內 可唷龍黑森你打

ne//jang.nyo*.ne/gyo*l.hon.he*t.sseum.ni.da

是的，我去年結婚了。

Ⓑ 아뇨, 아직 결혼 안 했어요.

喔妞 阿寄 可唷龍 安 黑搜呦

a.nyo//a.jik/gyo*l.hon/an/he*.sso*.yo

不，我還沒結婚。

交友、聊天話題

오늘 뭐 했어요?

歐呢　魔　黑搜呦

o.neul/mwo/he*.sso*.yo

你今天在做什麼？

詞 彙 解 釋	하다 [動詞]
	做、做事

會話一

🅐 오늘 뭐 했어요?

歐呢　魔　黑搜呦

o.neul/mwo/he*.sso*.yo

你今天在做什麼？

🅑 친구랑 같이 놀았어요.

親咕郎　卡氣　漏拉搜呦

chin.gu.rang/ga.chi/no.ra.sso*.yo

跟朋友一起玩。

會話二

🅐 오늘 뭐 하셨어요?

歐呢　魔　哈休搜呦

o.neul/mwo/ha.syo*.sso*.yo

您今天在做什麼？

🅑 아내랑 밥 먹고 쇼핑했어요.

阿內郎　盤　末夠　休拼黑搜呦

a.ne*.rang/bam/mo*k.go/syo.ping.he*.sso*.yo

跟妻子吃飯逛街。

交友、聊天話題

뭐 할 거예요?
摸 哈兒 勾耶呦
mwo/hal/go*.ye.yo
你要做什麼？

詞 彙	하다 [動詞]
解 釋	做、做事

會話一

Ⓐ 주말에 뭐 할 거예요?
租馬累 摸 哈兒 狗耶呦
ju.ma.re/mwo/hal/go*.ye.yo
周末你要做什麼？

Ⓑ 회사 후배랑 축구할 거예요.
灰沙 乎杯郎 粗古哈兒 狗耶呦
hwe.sa/hu.be*.rang/chuk.gu.hal/go*.ye.yo
我要跟公司的後輩一起踢足球。

會話二

Ⓐ 너 내일 뭐 할 거야?
NO 累衣兒 摸 哈兒 狗呀
no*/ne*.il/mwo/hal/go*.ya
你明天要幹嘛？

Ⓑ 집에서 드라마를 볼 거야.
基貝搜 特拉馬惹 播兒 狗呀
ji.be.so*/deu.ra.ma.reul/bol/go*.ya
我要在家看連續劇。

交友、聊天話題

몇 년생이세요?

謬恩 妞先衣誰呦

myo*n/nyo*n.se*ng.i.se.yo

您是哪一年出生的呢？

慣用句	몇 년
解 釋	幾年

※若要尋問對方的年齡，可以問「몇 년생이에 요?」，表示「你是在哪一年出生的呢？」。

會話

Ⓐ 몇 년생이세요?
謬恩 妞先衣誰呦
myo*n/nyo*n.se*ng.i.se.yo
您是哪一年出生的呢？

Ⓑ 89년생인데요.
怕兒系古妞先引爹呦
pal.ssip.gu.nyo*n.se*ng.in.de.yo
我是1989年出生的。

Ⓐ 우리 동갑이네요.
五里 同嘎逼內呦
u.ri/dong.ga.bi.ne.yo
我們同年呢！

交友、聊天話題

> 생일이 언제예요?
> 先衣里　翁賊耶呦
> se*ng.i.ri/o*n.je.ye.yo
> 你生日是什麼時候？

詞　彙	생일　[名詞]
解　釋	生日

會話一

Ⓐ 생일이 언제예요?
先衣里　翁賊耶呦
se*ng.i.ri/o*n.je.ye.yo
你生日是什麼時候？

Ⓑ 저는 10월 19일이요.
醜能　西我兒系估衣里呦
jo*.neun/si.wol/sip.gu.i.ri.yo
我是10月19號。

會話二

Ⓐ 생일이 언제야?
先衣里　翁賊呀
se*ng.i.ri/o*n.je.ya
你生日是什麼時候？

Ⓑ 6월 8일이요.
u我兒　怕里里呦
yu.wol/pa.ri.ri.yo
6月8號。

交友、聊天話題

나이가 어떻게 되세요?

那衣嘎　喔豆K　腿誰呦

na.i.ga/o*.do*.ke/dwe.se.yo

您幾歲？

詞　彙	나이 [名詞]
解　釋	年紀、年齡、歲數

※연세（貴庚）為나이的敬語，對長輩或年紀較大的人使用

相關例句

例 연세가 어떻게 되세요?

庸誰嘎　喔豆K　腿誰呦

yo*n.se.ga/o*.do*.ke/dwe.se.yo

請問您貴庚？

例 너 몇 살이야?

NO　謬　沙里呀

no*/myo*t/ssa.ri.ya

你幾歲？

會 話

Ⓐ 나이가 어떻게 되세요?

那衣嘎　喔豆K　腿誰呦

na.i.ga/o*.do*.ke/dwe.se.yo

您幾歲？

Ⓑ 저는 스물여섯 살이에요.

醜能　思木兒六搜　沙里耶呦

jo*.neun/seu.mul.lyo*.so*t/ssa.ri.e.yo

我二十六歲。

交友、聊天話題

> 키가 얼마예요?
> 可衣嘎 喔兒馬耶呦
> ki.ga/o*l.ma.ye.yo
> 你身高多少?

詞 彙	키 [名詞]
解 釋	身長、身高、個子

相關例句

例 키가 몇이에요?
可衣嘎 謬氣耶呦
ki.ga/myo*.chi.e.yo
你多高?

例 몸무게가 얼마예요?
盟母給嘎 喔兒馬耶呦
mom.mu.ge.ga/o*l.ma.ye.yo
你體重多少?

會 話

A 키가 얼마예요?
可衣嘎 喔兒馬耶呦
ki.ga/o*l.ma.ye.yo
你身高多少?

B 제 키는 180이 넘어요.
賊 可衣能 配怕兒系逼 NO摸呦
je/ki.neun/be*k.pal.ssi.bi/no*.mo*.yo
我身高超過180。

交友、聊天話題

별자리가 뭐예요?

匹喲兒渣里嘎　魔耶呦

byo*l.ja.ri.ga/mwo.ye.yo

你是什麼星座？

詞　彙	별자리　[名詞]
解　釋	星座

會話一

A 별자리가 뭐예요?

匹喲兒渣里嘎　魔耶呦

byo*l.ja.ri.ga/mwo.ye.yo

你是什麼星座？

B 사수자리요.

沙酥紫里呦

sa.su.ja.ri.yo

射手座。

會話二

A 별자리 운세를 믿으세요?

匹喲兒紫里　溫誰惹　咪的誰呦

byo*l.ja.ri/un.se.reul/mi.deu.se.yo

您相信星座運勢嗎？

B 전 그런 거 안 믿어요.

寵　可龍　狗　安　咪豆呦

jo*n/geu.ro*n/go*/an/mi.do*.yo

我不信那種東西。

交友、聊天話題

혈액형이 뭐예요?
呵唷累K用衣　魔耶呦
hyo*.re*.kyo*ng.i/mwo.ye.yo
你是什麼血型？

詞 彙	혈액형 [名詞]
解 釋	血型

會話一

Ⓐ 혈액형이 뭐예요?
呵唷累K用衣　魔呦
hyo*.re*.kyo*ng.i/mwo.ye.yo
你是什麼血型？

Ⓑ 저는 B형이에요.
醜能　B喝用衣耶呦
jo*.neun/B.hyo*ng.i.e.yo
我是B型。

會話二

Ⓐ 진규 씨는 혈액형이 뭔데요?
金可U 系能　呵唷累K用衣　抹爹呦
jin.gyu/ssi.neun/hyo*.re*.kyo*ng.i/mwon.de.yo
進圭先生你是什麼血型？

Ⓑ A형이요.
a呵庸衣呦
a.hyo*ng.i.yo
我是A型。

交友、聊天話題

종교가 있으세요?
蟲個呦嘎　衣思誰呦
jong.gyo.ga/i.sseu.se.yo
您有信仰的宗教嗎？

詞 彙	종교 [名詞]
解 釋	宗教

會 話

Ⓐ 혹시 종교가 있으세요?
厚系　蟲個又嘎　衣思誰呦
hok.ssi/jong.gyo.ga/i.sseu.se.yo
您有信仰的宗教嗎？

Ⓑ 나는 하느님을 믿어요.
那能　哈呢你們　咪豆呦
na.neun/ha.neu.ni.meul/mi.do*.yo
我信上帝。

Ⓑ 나는 불교를 믿어요.
那能　撲兒個又惹　咪豆呦
na.neun/bul.gyo.reul/mi.do*.yo
我信佛教。

Ⓑ 저는 종교가 없어요.
醜能　蟲個又嘎　喔不搜呦
jo*.neun/jong.gyo.ga/o*p.sso*.yo
我沒有宗教。

交友、聊天話題

무슨 운동 좋아하세요?
母森　溫東　醜阿哈誰呦
mu.seun/un.dong/jo.a.ha.se.yo
您喜歡什麼運動？

詞　彙	운동　[名詞]
解　釋	運動

會話一

Ⓐ 무슨 운동 좋아해요?
母森　溫東　醜阿黑呦
mu.seun/un.dong/jo.a.he*.yo
你喜歡什麼運動？

Ⓑ 운동은 별로 안 좋아해요.
溫東恩　匹唷兒漏　安　醜阿黑呦
un.dong.eun/byo*l.lo/an/jo.a.he*.yo
我不怎麼喜歡運動。

會話二

Ⓐ 무슨 운동 좋아하세요?
母森　溫東　醜阿哈誰呦
mu.seun/un.dong/jo.a.ha.se.yo
您喜歡什麼運動？

Ⓑ 농구 좋아해요.
農古　醜阿黑呦
nong.gu/jo.a.he*.yo
我喜歡打籃球。

交友、聊天話題

꿈이 뭐예요?

固咪　魔耶呦

gu.mi/mwo.ye.yo

你的夢想是什麼？

詞　彙	꿈 [名詞]
解　釋	①夢、夢境②夢想

相關例句

例 저는 승무원이 되고 싶어요.

醜能　森母我你　腿勾　西波呦

jo*.neun/seung.mu.wo.ni/dwe.go/si.po*.yo

我想當空服員。

例 교수가 되는 게 제 꿈입니다.

可又酥嘎　腿能　給　賊　固敏你打

gyo.su.ga/dwe.neun/ge/je/gu.mim.ni.da

當教授是我的夢想。

會 話

Ⓐ 꿈이 뭐예요?

固咪　魔耶呦

gu.mi/mwo.ye.yo

你的夢想是什麼？

Ⓑ 그냥 가족들이랑 행복하게 사는 거요.

可釀　卡揍的里郎　黑播卡給　沙能　狗呦

geu.nyang/ga.jok.deu.ri.rang/he*ng.bo.ka.ge/sa.

neun/go*.yo

我只希望能跟家人幸福快樂地過日子。

交友、聊天話題

담배 피워요?
彈背　匹我呦
dam.be*/pi.wo.yo
你抽菸嗎？

慣用句	담배를 피다
解　釋	抽菸（與담배를 피우다同義）

會話

Ⓐ 혹시 담배 피우세요?
厚系　彈背　匹鳥誰呦
hok.ssi/dam.be*/pi.u.se.yo
您抽菸嗎？

Ⓑ 아니요, 전 안 피워요.
阿你呦　寵　安　匹我呦
a.ni.yo//jo*n/an/pi.wo.yo
不，我不抽菸。

Ⓑ 피우긴 하는데 많이는 안 피워요.
匹鳥個銀　哈能爹　馬你能　安　匹我呦
pi.u.gin/ha.neun.de/ma.ni.neun/an/pi.wo.yo
我抽菸，但抽不多。

Ⓑ 아니요, 끊은 지 10년쯤 됐어요.
阿你呦　跟能基　心妞贈　腿搜呦
a.ni.yo//geu.neun.ji/sim.nyo*n.jjeum/dwe*.sso*.yo
不抽，我戒菸有十年了。

交友、聊天話題

어디 사세요?

喔低　沙誰呦

o*.di/sa.se.yo

您住在哪裡？

詞　彙	살다　[動詞]
解　釋	①居住、住②活、活著

會話

Ⓐ 어디 사세요?

喔低　沙誰呦

o*.di/sa.se.yo

您住在哪裡？

Ⓑ 저는 동대문에 사는데요.

醜能　同參母內　沙能貼呦

jo*.neun/dong.de*.mu.ne/sa.neun.de*.yo

我住在東大門。

Ⓑ 인천에 살고 있습니다.

銀湊內　沙兒夠　衣森你打

in.cho*.ne/sal.go/it.sseum.ni.da

我住在仁川。

Ⓑ 지금 강남구청역 근처에 살고 있어요.

七跟　扛南佶叉又　肯湊A　沙兒夠　衣搜呦

ji.geum/gang.nam.gu.cho*ng.yo*k/geun.cho*.e/sal.go/i.sso*.yo

我現在住在江南區廳站附近。

交友、聊天話題

가족은 몇 명이에요?
卡揍跟　謬　咪用衣耶呦
ga.jo.geun/myo*n/myo*ng.i.e.yo
你家有幾個人？

詞　彙	가족 [名詞]
解　釋	家人、家族

會話一

Ⓐ 가족은 몇 명이에요?
　卡揍跟　謬　咪用衣耶呦
　ga.jo.geun/myo*n/myo*ng.i.ye.yo
　你家有幾個人？

Ⓑ 저까지 다섯 명이요.
　醜嘎擠　他松　咪用衣呦
　jo*.ga.ji/da.so*n/myo*ng.i.yo
　加上我，有五個人。

會話二

Ⓐ 가족은 몇 명인가요?
　卡揍跟　謬　咪用銀嘎呦
　ga.jo.geun/myo*n/myo*ng.in.ga.yo
　你家有幾個人？

Ⓑ 가족은 엄마, 아빠, 저 세 명이요.
　卡揍跟　翁罵　阿爸　醜　誰　咪用衣呦
　ga.jo.geun/o*m.ma//a.ba//jo*/se/myo*ng.i.yo
　有媽媽、爸爸和我，三個人。

交友、聊天話題

연예인 누굴 좋아해요?

庸耶引　努估兒　醜阿黑呦

yo*.nye.in/nu.gul/jo.a.he*.yo

你喜歡哪位藝人？

詞彙解釋	연예인 [名詞] 藝人、演藝人

※누굴為「누구를」的略語

相關例句

例 소녀시대 멤버 중에 누굴 제일 좋아해요?

嗽妞西爹　妹恩播　尊A　努古兒　賊衣兒　醜阿黑呦

so.nyo*.si.de*/mem.bo*/jung.e/nu.gul/je.il/jo.a.he*.yo

少女時代的成員中，你最喜歡誰？

例 배우 이민호 씨를 제일 좋아해요.

陪五　衣民後　系惹　賊衣兒　醜阿黑呦

be*.u/i.min.ho/ssi.reul/jje.il/jo.a.he*.yo

我最喜歡演員李敏鎬先生。

會話

Ⓐ 가수 누구를 좋아해요?

卡酥　努古惹　醜阿黑呦

ga.su/nu.gu.reul/jjo.a.he*.yo

歌手你喜歡誰？

Ⓑ 빅뱅 좋아해요.

逼貝*恩　醜阿黑呦

bik.be*ng/jo.a.he*.yo

我喜歡BIGBANG 。

永續圖書
線上購物網

www.foreverbooks.com.tw

◆ 加入會員即享活動及會員折扣。

◆ 每月均有優惠活動，期期不同。

◆ 新加入會員三天內訂購書籍不限本數金額，
即贈送精選書籍一本。（依網站標示為主）

專業圖書發行、書局經銷、圖書出版

永續圖書總代理：
五觀藝術出版社、培育文化、棋茵出版社、大拓文化、讀
品文化、雅典文化、知音人文化、手藝家出版社、璞申文
化、智學堂文化、語言鳥文化

活動期內，永續圖書將保留變更或終止該活動之權利及最終決定權。

菜韓文追韓劇：你最想學的經典韓語對話

雅致風靡　典藏文化

親愛的顧客您好，感謝您購買這本書。即日起，填寫讀者回函卡寄回至本公司，我們每月將抽出一百名回函讀者，寄出精美禮物並享有生日當月購書優惠！想知道更多更即時的消息，歡迎加入"永續圖書粉絲團"您也可以選擇傳真、掃描或用本公司準備的免郵回函寄回，謝謝。

傳真電話：（02）8647-3660　　　　電子信箱：yungjiuh@ms45.hinet.net

姓名：		性別：	□男　□女
出生日期：　年　　月　　日		電話：	
學歷：		職業：	
E-mail：			
地址：□□□			
從何處購買此書：		購買金額：	元
購買本書動機：□封面 □書名 □排版 □內容 □作者 □偶然衝動			

你對本書的意見：
內容：□滿意□尚可□待改進　　　編輯：□滿意□尚可□待改進
封面：□滿意□尚可□待改進　　　定價：□滿意□尚可□待改進

其他建議：

沿此線對折後寄回，謝謝。

雅致風靡　典藏文化